AF191705

Über die Autorin

Nach zwei veröffentlichten Wettbewerbsbeiträgen, ein Kurz-Comic für eine Anthologie und ein Roman für einen Selfpublisher-Verlag, ist dies ihr drittes Werk, welches ebenfalls für einen Wettbewerb angefangen, aber nicht rechtzeitig fertig wurde.
Die Abgabefrist war vor zwei Jahren.

Aber der Herr weiß die Gedanken der Menschen, dass sie eitel sind.

Psalm 94,11

Sabina Gerter

Weiß wie Blut

Bibliografische Information der Deutschen Nationalbibliothek: Die Deutsche Nationalbibliothek verzeichnet diese Publikation in der Deutschen Nationalbibliografie; detaillierte bibliografische Daten sind im Internet über dnb.dnb.de abrufbar.

Die automatisierte Analyse des Werkes, um daraus Informationen insbesondere über Muster, Trends und Korrelationen gemäß §44b UrhG („Text und Data Mining") zu gewinnen, ist untersagt.

© 2021 Sabina Gerter
Umschlag, Illustration: Sabina Gerter

Verlag: BoD · Books on Demand GmbH, In de Tarpen 42, 22848 Norderstedt
Druck: Libri Plureos GmbH, Friedensallee 273, 22763 Hamburg

ISBN: 978-3-7597-6644-1

Prolog

Sie hörte ihn in der Küche. Wie er die Schubladen aus den Schränken zerrte und deren Inhalt scheppernd auf dem Boden auftraf.

Die Schranktüren wurden aufgerissen, Tassen und Teller von ihren Regalen gefegt. Sie zerschellten und knirschten unter seinen Schritten, als er sich von einer Ecke der Küche zur nächsten durcharbeitete. Dazwischen stieß er kurze Wutschreie aus, wie sie sie noch nie gehört hatte.

Er hatte nicht aus ihr herausbekommen, wo sie die Waffe versteckt hatte. War es nicht bezeichnend, dass er in der Küche suchte?

Sie stemmte sich gegen die Wand, gegen die er sie geprügelt hatte, und schob sich langsam daran hoch. In dieser Position verharrte sie einen Moment, bis das Schwindelgefühl nachließ. Dann stieß sie sich ab und versuchte, zur Tür zu laufen. Sie hangelte sich vom Sofa zum Türrahmen und wagte einen vorsichtigen Blick in Richtung Küche. Er lief immer noch

Amok da drin, aber es hörte sich verdächtig danach an, als ob er Messer aus dem Holzblock zog.

Es hieß auch, dass er sie nicht sehen konnte. Sie lief zur Haustür.

Der Knauf drehte sich unter ihren zitternden Händen. Es war abgeschlossen.

Kein Problem. Die Schlüssel hingen gleich daneben.

Sie riss sie von dem kleinen Haken, suchte den richtigen heraus und rammte ihn ins Schloss. Sie verfehlte es und versuchte es noch einmal. Und dann noch einmal.

Mit weit aufgerissenen Augen schaute sie die Tür an. Schließlich sah sie ein Stück Metall, das im Schlüsselloch steckte. Sein verdammter Schlüssel steckte im Loch. Nur noch ein winziges Stück vom Bart schaute heraus, das sie nicht greifen konnte.

Hinter ihr war es merkwürdig still. Sie drehte sich um und da stand er wie ein Bulle, der sich bereit machte, auf sie zu-zustürmen. Seine Hand umkrampfte das größte Messer, das er gefunden hatte.

Marie

Marie stand unschlüssig in der Wohnung ihrer Mutter herum. Der Vermieter, das kleine Arschloch, hatte ihr eine Woche gegeben, um die vier Zimmer leerzuräumen. Dass sie ihre Mutter erst letzte Woche begraben hatte, interessierte ihn nicht.

Die Möbel durfte sie hierlassen. Was sollte sie auch mit ihnen? Sie waren nicht viel wert und Marie hatte ihre eigenen. Nachdem ihre Mutter ihren Vater getötet hatte, hatte sie das Haus verkauft und die komplette Einrichtung zurückgelassen. Warum sollte Marie sich schlecht fühlen, wenn sie das jetzt auch tat?

Natürlich war das nach den ganzen Verhören, in denen ihre Mutter behauptet hatte, dass sie die Waffe, mit der sie ihn erschossen hatte, in einem der Küchenschränke gefunden hatte. Ein Streit war ausgebrochen, nachdem ihr Vater bemerkt hatte, dass die Pistole verschwunden war und er schlug seine Frau krankenhausreif. Sie erschoss ihn, als sie nicht das Haus verlassen konnte.

Marie war acht Jahre alt gewesen. Die Polizei hatte sie aus der Schule abgeholt und ihr Fragen gestellt, vor allem darüber, ob ihre Eltern häufig gestritten hatten. Sie hatte das damals verneint, auch weil sie Angst gehabt hatte, dass sie ihre Mutter auch noch verlieren könnte.

Sie beschloss, im Schlafzimmer anzufangen. Mit einer Rolle Plastiksäcke bewaffnet betrat sie den Raum.

Die Matratze des Bettes, wo Marie den leblosen Körper gefunden hatte, hatte sie schon weggeschmissen. Vermutlich ein Schlaganfall, laut dem Notarzt, während der Nacht. Kurz und schmerzlos, wie man ihr versichert hatte.

Sie öffnete den Kleiderschrank. Er war randvoll, sodass eine Hose von ihrem Stapel fiel und auf ihren Füßen landete. Sie riss einen Sack von der Rolle und begann die Kleidungsstücke hineinzustopfen. Dabei schenkte sie den einzelnen Stücken keine besondere Beachtung, weil sie nicht vorhatte, auch nur eines davon aufzuheben. Sie würde sie spenden.

Unter dem letzten Rock fand sie ein Büchlein. Ihre Mutter hatte viele solcher kleinen Bücher im Laufe ihres Lebens vollgeschrieben. Normalerweise bewahrte sie ihre Tagebücher aber in ihrem Nachtschränkchen auf.

Sie nahm das billige, schwarze Notizbuch mit den roten Kanten in die Hand und schlug es auf. In der sauberen Handschrift ihrer Mutter, die nur in Druckbuchstaben geschrieben hatte, stand das erste Datum da – der 24. Juli 1988.

Das war das Jahr, bevor sie ihren Vater getötet hatte.

Sie rang mit sich, ob es sich lohnte, eventuell alte Wunden aufzureißen. Dann siegte die Neugier.

24. Juli 1988

Auf unserem Spaziergang hat Marie eine Handvoll Marienkäfer gesammelt. Ich hätte sie warnen können, aber das Mädchen lernt nur auf die harte Tour. Sie zeigte mir stolz ihre Sammlung und dann sah sie, daß die Marienkäfer ihr die Hand vollgepinkelt hatten. Sie fing an zu weinen, weil es stank. Ich musste mir das Lachen verkneifen, als sie die Käfer von ihrer Hand schüttelte und natürlich alles verschmierte.

Gut, dass ich immer Taschentücher dabei habe. Ich machte ihr notdürftig die Hände sauber und brachte sie dann nach Hause. Eigentlich wollte ich nicht ihre Hand halten, aber Marie sah so enttäuscht aus.

(Die nachfolgenden Tage enthielten Einträge mit ähnlichen harmlosen Alltagserlebnissen, daher überflog Marie sie nur.)

17. November 1988

Die Nachbarin war wieder da. Sie hat nach ihrer Katze gefragt. Ich weiß noch nicht einmal, wie das Vieh aussieht. Es rennen so viele Streuner durch die Gegend, die einem die Gärten vollscheißen. Ich habe ihr also gesagt, daß ich sie nicht gesehen habe, und wollte sie so schnell wie möglich loswerden. Diese Frau war mir schon immer unheimlich gewesen. Etwas in ihrem Blick sagt mir, daß sie verrückt ist.

Ich redete noch kurz mit ihr und schloß dann die Tür. Ich mußte Marie bald aus der Schule abholen und hatte keine Zeit, um über Gartenarbeit zu sprechen oder was auch immer ihr gerade auf den Nägeln brannte. Ich ging ins Bad und als ich nach fünf Minuten wieder herauskam, stand sie immer noch vor der Tür. Einen Moment lang wollte ich die Tür aufreißen und sie anschnauzen, dann beschlich mich aber die Angst vor ihr. Das letzte, was ich gebrauchen konnte, war eine Verrückte, die sich auf mich einschießt.

Ich ging ins Schlafzimmer und zog mich um. Als ich wieder zur Tür ging, war sie Gott sei Dank weg.

20. November 1988

Ich weiß nicht, vielleicht übertreibe ich nur, aber Gerd (Maries Herz blieb kurz stehen, als sie den Namen ihres Vaters sah) hat eine merkwürdige Art mit Marie zu spielen. Sie spielten am Abend mit ihren Puppen und ich konnte hören, wie er sie fragte, wen sie aus einem brennenden Haus holen würde.

Marie antwortete, daß sie Barbie retten würde, damit sie die Feuerwehr rufen konnte. Dann spielten sie normal weiter.

Ich sollte froh sein, dass er überhaupt so viel Zeit mit ihr verbringt. Andere Väter haben keinen solchen Bezug zu ihren Töchtern. Vielleicht wollte er nur die Konversation ein wenig aufheitern.

1. Dezember 1988

Beim Geschirrspülen am Abend fielen mir unten am Fenster Fingerabdrücke auf. Ich dachte, daß es Marie gewesen wäre, und versuchte sie mit dem Schwamm abzuwaschen, aber sie gingen nicht fort.

Ich vermute, daß das die Nachbarin gewesen war. Ich werde wohl Gerd Bescheid sagen müssen, damit er mal mit ihr redet.

Gut, daß die anderen so normal sind. Frau Wegerich die Straße runter hat mir neulich gezeigt, wie man bei Rosen auf Trieb bohrer achtet. Und ich habe mich schon gefragt, warum bei meinen immer die Spitzen vertrocknen.

2. Dezember 1988

So, ich habe Gerd auf diese Verrückte angesetzt. Hoffentlich läßt sie uns in Ruhe, nachdem er ein paar ernsthafte Worte mit ihr gewechselt hat.

Ich fand heute morgen Fußabdrücke in den Blumenbeeten, die von einem Frauenfuß kommen mußten, der kleiner als meiner und größer als Maries ist.

Das kann nur sie gewesen sein.

5. Dezember 1988

Ich habe den ganzen Tag mit Marie gebacken, damit sie und Gerd morgen Kekse mitnehmen können.

Marie hatte Ohrenschmerzen, deswegen war sie heute nicht in der Schule. Bei Schnupfen hätte ich sie garantiert nicht an den Teig gelassen. Niemand will eine Rotz-Glasur auf seinen Vanillekipferln.

Die Nachbarin läßt uns soweit in Ruhe. Ich habe keine neuen Fingerabdrücke oder Fußspuren gefunden. Vielleicht hat sie ja ihre Katze wiedergefunden.

10. Dezember 1988

In letzter Zeit bin ich abends so schläfrig, ich kann kaum noch die Augen offenhalten, um Marie etwas vorzulesen. Die letzten Abende über hat das Gerd übernommen. Guter Mann.

Aber ich sollte mal zum Arzt gehen. Nicht, daß ich etwas ernstes ausbrüte.

12. Dezember 1988

Es geht mir wieder besser. Der Arztbesuch kann warten. Würde mich nicht wundern, wenn ich mir gerade dort etwas geholt hätte.

Die Verrückte bereitet mir etwas Sorgen. Ich habe sie seit Tagen nicht gesehen, auch nicht vor ihrem Haus. Ich könnte ja mal in ihre Fenster hineinschauen ...

Sie hat kein Auto. Es kann gut sein, daß sie Verwandte oder Freunde besucht. Hat so jemand überhaupt Freunde? Wenn ich sie nächste Woche nicht sehe, geh ich trotzdem klingeln. Auch wenn sie mich geärgert hat, tut es mir trotzdem leid, wenn Gerd sie zu sehr verschreckt hat. Vielleicht will sie nicht mehr das Haus verlassen vor Angst.

14. Dezember 1988

Ich habe es nicht mehr ausgehalten und bin zu ihr herüber. Ich habe geklingelt und dann zwei oder drei Minuten gewartet, aber es hat niemand geantwortet. Ich kann verstehen, wenn sie mich nicht sehen will. Aus ihrer Sicht habe ich ihr den Ärger eingebrockt.

Oder sie liegt bereits seit Tagen tot in ihrer Wohnung. Ich tat dann doch, was ich mir geschworen hatte, nicht zu tun, und ging um das Haus herum, um in die Fenster zu sehen.

Der Garten war eine einzige Katastrophe. Überall lag Zeug herum wie kaputte Blumentöpfe und Holzlatten. Ich wäre fast auf eine getreten, aus der ein rostiger Nagel herausguckte.

Durch die hinteren Fenster konnte ich auch nichts sehen, außer daß die Räume alle sehr schmutzig waren. Ich glaube, es war das Wohnzimmer, in dem sich alte Zeitungen und Wäsche stapelten.

15. Dezember 1988

Ich habe Gerd noch einmal gefragt, ob er der Nachbarin gedroht hätte. Er behauptet, er hätte ihr nur gesagt, daß sie nicht mehr ungefragt unser Grundstück betreten sollte, sonst würde er die Polizei rufen. Sie sei wahrscheinlich für eine Weile weggefahren, um Gras über die Sache wachsen zu lassen. Das hätte sie schon öfters gemacht.

Er hat vermutlich recht. Immerhin wohnt er hier schon seit seiner Kindheit. Aber es ist merkwürdig, daß sie in den sieben Jahren, in denen ich bisher hier wohnte, uns in Ruhe gelassen hat.

17. Dezember 1988

Ich bin letzte Nach aufgewacht und Gerd war nicht im Bett. Ich dachte, er wäre pinkeln gegangen, aber dann hörte ich ihn die Kellertreppe hochsteigen. Ich wollte ihn fragen, was er da unten gemacht hat, bin aber wieder eingeschlafen.

Beim Frühstück ist es mir wieder eingefallen. Er meinte, er hätte etwas gehört und wäre nachsehen gegangen. Er hat nichts gefunden außer Rattenköddeln und meinte, ich solle mich nach Fallen umsehen, da er nicht möchte, daß Marie aus Versehen Rattengift ißt.

19. Dezember 1988

Marie hat die Seuche angeschleppt und natürlich hat sie alle angesteckt. Sie liegt auf dem Sofa und läßt sich von mir bedienen, während mein Schädel sich anfühlt, als ob er randvoll mit Watte ausgestopft ist.

Gerd ist trotz Heiserkeit zur Arbeit gegangen. Gut, daß er nicht mit Kunden arbeitet, sondern den ganzen Tag in seinem Büro hockt und Zahlen herumschiebt. Schade, daß er kaum Freunde hat. Aber ich bin da auch nicht besser. Wann habe ich mich das

letzte Mal mit Luisa getroffen? Das war am Anfang des Jahres.
Wir sind wohl beide Eigenbrödler.

3. Januar 1989

Über den ganzen Weihnachtsstreß habe ich das Schreiben ver-
gessen. Weihnachten war schön. Auch wenn Marie den Pullover
nicht mochte, den wir ihr geschenkt haben. Ich habe vergessen,
dass ihre neue Lieblingsfarbe blau und nicht mehr lila ist.

Weihnachten deprimiert mich immer ein wenig. Bei Familien-
festen wird mir jedes Mal bewusst, daß es nur uns drei gibt.
Gerds Eltern habe ich nie kennengelernt, weil sie gestorben sind,
als er einundzwanzig war, und er hat keine Geschwister oder
irgendwelche anderen Verwandten. Bei mir sieht es auch nicht
besser aus. Meine Mutter ist ein Miststück, die mein Vater ins
Grab getrieben hat, und meine Tante ist auch nicht besser als
ihre Schwester. Und ich bin auch Einzelkind.

Um sich Verwandte auszudenken ist es jetzt zu spät. Marie
glaubt ja noch nicht einmal an den Weihnachtsmann. Ich hoffe,
die anderen Kinder ärgern sie nicht, wenn sie merken, daß Marie
nicht so viele Geschenke gekriegt hat wie die anderen.

Übrigens ist die Nachbarin immer noch nicht aufgetaucht. Ich traue mich aber nicht, noch einmal bei ihr vorbeizuschauen. Vielleicht ist sie in eine Klinik eingewiesen worden?

5. Januar 1989

Etwas stimmt nicht mit den Wasserflaschen. Sie waren noch fest verschlossen, aber in einem der Deckel war ein winziges Loch. Ich habe das Wasser ausgegossen. Möglich, daß es in der Produktion oder beim Transport passiert ist, aber man kann nie wissen.

Ich sollte den Deckel und die Flasche aufbewahren und den Leuten im Laden zeigen. Möglicherweise rennt ein Verrückter durchs Dorf und vergiftet Lebensmittel. Wer weiß, vielleicht ist es sogar unsere Verrückte.

Marie erzählte mir von Alpträumen, die sie hat. Sie träumt von einem schwarzen Mann, der neben ihrem Bett steht und sie beobachtet. Sie sieht auch vollkommen übermüdet aus und in drei Tagen geht die Schule wieder los. Die anderen Kinder haben ihr bestimmt Gruselmärchen erzählt und deswegen hat sie diese Träume.

Ich habe ihr eine kleine Taschenlampe geschenkt, die sie auf den schwarzen Mann leuchten soll, wenn er wieder vor ihrem Bett steht. Es scheint sie zu beruhigen.

Marie taten die Füße weh, also setzte sie sich auf den Sack voller Kleidung.

Sie konnte sich nicht daran erinnern, ihrer Mutter jemals von einem schwarzen Mann erzählt zu haben. Ihre Kindheitserinnerungen an diese Zeit waren kaum vorhanden. Sie konnte sich an die Polizisten erinnern, die sie aus der Schule abgeholt hatten. Alles andere davor war wie gelöscht. Und die Existenz einer Großtante war ebenfalls eine Neuigkeit.

In den Jahren nach dem Tod ihres Vaters hatte sich Maries Mutter von der Außenwelt abgeschottet und von Sozialhilfe gelebt. Sie hatte nie ohne Perücke die Wohnung verlassen, als ob sie nicht erkannt werden wollte, und sie hatte verboten, Schulfreunde mit nach Hause zu bringen.

Marie hatte das nicht gestört, sie verbrachte die Zeit mit ihren Freunden lieber draußen auf dem Spielplatz. Schon damals hatte sie es vermieden über ihre Familie und vor allem über ihren Vater zu sprechen.

9. Januar 1989

Ich bin heute Nacht aufgewacht und Gerd war wieder nicht da. Er war wieder unten im Keller.

Die Rattenfallen, die wir aufgestellt haben, bringen nichts. Bisher fand sich keine einzige Ratte darin oder eine Maus – worüber ich eigentlich froh bin. Ich finde auch keinen Kot. Also sind sie vielleicht weg?

10. Januar 1989

Ich bin heute im Keller gewesen und habe die Kartons, die dort herumstehen, verschoben, um nach Spuren von Nagern zu suchen. Ich möchte nicht, daß Marie krank wird, indem sie etwas einatmet.

Alles war sauber, abgesehen von Spinnweben und feuchtem Staub, und jetzt frage ich mich, was Gerd dort unten in der Nacht treibt.

Die Kisten dort enthalten die Sachen seiner Eltern. Guckt er sie sich heimlich an? Die Frage wäre dann warum. Darin befinden sich nur alte Anziehsachen und schimmelige Bücher. Weg-

schmeißen wollte er sie nicht. Dieser Mann hat schon ein paar sonderbare Eigenheiten.

Es ist nicht so, als ob in einer dieser Kartons die schmutzigen Heftchen seines Vaters wären. Die habe ich oben auf dem Dachboden gefunden – und sofort entsorgt. Meine Güte, da waren ein paar Zeitschriften dabei ... Wer hätte gedacht, daß sein Vater Fesselspiele mag?

15. Januar 1989

Ich habe Gerd darauf angesprochen, was er neuerdings nachts im Keller treibt. Er hat mir unterstellt, daß ich das träumen würde. Wir haben uns gestritten, weil ich mir sicher bin, daß ich das nicht träume.

Marie träumt immer noch vom schwarzen Mann. Sie kann ihn nicht beschreiben, außer daß er wie ein Schatten aussieht. Ich habe ihr angeboten, zu uns ins Bett zu kommen, wenn sie ihn sieht. Aber sie meinte, sie hätte Angst aufzustehen. Ich glaube, wenn sie tatsächlich zu uns kommen würde, würde das Gerd zusätzlich verärgern. Er war derjenige, der darauf gedrängt hatte, daß sie möglichst früh ihr eigenes Zimmer bekommt.

Ich habe ihr dann gesagt, daß sie mich rufen soll. Gerd schläft eigentlich wie ein Stein. In letzter Zeit scheinen sich unsere

Schlafgewohnheiten aber getauscht zu haben. Entweder hat er Stress auf der Arbeit, von dem er mir nichts erzählt, oder er hat eine Affäre.

17. Januar 1989

Ich habe wieder ein kleines Loch in einem Flaschendeckel gefunden. Wieder in der Flasche mit Kohlensäure, aus der nur ich trinke, weil Gerd nur Kaffee trinkt und ich für Marie stilles Wasser kaufe, weil ihr der Sprudel in der Nase brennt.

Ich weiß nicht, ob ich beim Einkaufen darauf geachtet habe, daß die Deckel unversehrt waren. Das ist das zweite Mal, daß es mir auffällt. Heißt das, daß ich die anderen übersehen habe oder daß es selten genug vorkommt, daß ich es sehe? Dieses Wasser ist auf jeden Fall wieder im Ausguss gelandet.

Zwischen mir und Gerd herrscht immer noch dicke Luft. Ich denke, er ist mir eine Entschuldigung schuldig. Er denkt wahrscheinlich, daß ich spinne. Die letzten Nächte habe ich durchgeschlafen, also weiß ich nicht, ob er im Keller war.

20. Januar 1989

Gerd hat mir einen Strauß Rosen mitgebracht. Ich deute das mal als Entschuldigung. Er möchte aber auch nicht weiter darüber reden. Das ist so typisch für ihn. Erst behaupten, daß ich mir das alles nur einbilde und dann jedem Konflikt aus dem Weg gehen.

23. Januar 1989

Marie sagte mir nach der Schule, daß sie mich letzte Nacht gerufen hätte. Ich habe sie aber nicht gehört. Dafür habe ich mich entschuldigt. Immerhin habe ich ihr versprochen, daß ich kommen würde, wenn sie mich ruft.

Ich habe sie gefragt, ob wenigstens Gerd nach ihr geschaut hätte. Sie meinte nein. Die Kleine tut mir so Leid. Sie hat schon leichte Ringe unter den Augen. Die Lehrer haben mich noch nicht darauf angesprochen.

1. Februar 1989

Jetzt habe ich an meiner Wasserflasche kleine Eindellungen am Rand gefunden. Die Deckel sind aus Metall und es sieht so aus, als ob jemand die Flasche geöffnet hat und dann mit einer Zange die kleinen Metallzapfen am Rand wieder zusammengedrückt hat.

Langsam habe ich das Gefühl, daß es Gerd ist. Wenn das jemand mit den Flaschen im Supermarkt machen würde, wäre er doch längst erwischt worden. Oder jemand hätte es der Polizei gemeldet und es wäre in der Zeitung. Da kann ich mir aber auch an die eigene Nase fassen.

Allerdings - wenn es nur meine Flaschen sind, denken die bestimmt, daß ich es selbst war.

Wenn es wirklich Gerd ist – warum? Damit er in Ruhe nachts seine Affäre im Keller ausleben kann? Durch das Kellerfenster könnte sich eine Frau quetschen. Ich muss es ja wissen. Das ist genau das, was ich gemacht habe, als ich mich einmal ausgeschlossen habe, und gesehen habe, dass ich es zum Lüften gekippt hatte. Es ließ sich leicht aus dem Rahmen holen.

Ich habe Gerd gesagt, daß er es ersetzen soll, damit Einbrecher nicht denselben Weg ins Haus finden. Stattdessen hat er es mit Riegeln versehen und ich war zufrieden.

Ich werde so tun, als ob ich die Flasche normal austrinke.

Bin ich paranoid?

4. Februar 1989

Ich bin in der Nacht aufgewacht, als Gerd aufgestanden ist. Er blieb eine Weile am Bett stehen und wartete. Ich konnte spüren, daß er mich beobachtete. Er ging dann.

Ich hörte, wie er in Maries Zimmer ging. Er blieb zu lange dort. Ich konnte aber nicht hören, was er dort machte.

Nach der Schule habe ich Marie gefragt, ob der schwarze Mann wieder da gewesen wäre. Sie nickte. Ich habe sie gefragt, was der schwarze Mann macht. Sie sagte, daß er nur da steht und sie beobachtet. Ob der schwarze Mann so groß wie Papa sei? Marie dachte darüber nach. Sie wüsste es nicht.

Ich fühle mich schlecht. Ich will Gerd nicht grundlos etwas furchtbares unterstellen. Er könnte schlafwandeln und ist deswegen so komisch, weil es ihm peinlich ist. Gerade wenn er es lange Zeit nicht mehr gemacht hat. Und vielleicht spinne ich wirklich wegen der Flaschen herum.

5. Februar 1989

Gerd war richtig erleichtert, als ich das Schlafwandeln angesprochen habe. Er erzählte mir, daß er das früher als Kind gemacht hätte und es tue ihm leid, dass er nicht darauf *gekommen ist, daß es wieder passiert. Er hat Ärger mit einem neuen Vorgesetzten, der ihm ständig über die Schulter schauen will. Das hätte er mir auch früher sagen können.*

Die Eintragungen für die nächsten Wochen erweckten bei Marie den Eindruck, dass alles wieder gut war. Kein Wort von Schlafwandeln oder vom schwarzen Mann, an den sie sich immer noch nicht erinnern konnte.

Ihre Mutter erzählte von Familienausflügen und klang so lebensfroh, dass es Marie schwer fiel, sie mit der misstrauischen, zurückgezogenen Person zu vereinen, zu der sie später geworden war.

6. Mai 1989

Maries Geburtstag verlief gut. Die Kinder waren glücklich und wir Erwachsenen hatten heimlich etwas Schnaps. Der Nachbarsjunge Anton, der mit Marie auch in eine Klasse geht, hat ihr ein Taschenmesser geschenkt. Ich finde, sie ist noch zu jung, um damit umgehen zu können, ohne sich in die Finger zu schneiden. Gerd aber meinte, daß er Marie zeigt, wie es geht. Solange ich niemanden ins Krankenhaus fahren muß, ist es mir egal. Aber ich habe das Messer erst einmal in Verwahrung genommen und ihr gesagt, daß sie es nur zusammen mit ihrem Vater benutzen darf.

11. Mai 1989

Marie fing wieder vom schwarzen Mann an, d.h. Gerd schlafwandelt wieder. Ich überlege, nachts ihre Tür abzuschließen, damit sie Ruhe hat. Aber Gerd meinte, daß es, falls es brennt, zu gefährlich sei. Er würde mit einem Arzt sprechen, wenn es nicht bald wieder aufhört.

14. Mai 1989

Ich habe versucht Luisa anzurufen, aber sie geht nicht ran. Eine Karrierefrau kann wohl nicht viel mit einem Hausmütterchen anfangen. Früher hatten wir noch wesentlich mehr Gemeinsamkeiten. Es ist auch meine Schuld. Als Marie zur Welt kam, habe ich kaum noch angerufen, und aufgrund der Entfernung war Besuchen auch schwierig. Sie hat jetzt bestimmt einen Haufen anderer Freunde, die ihre Zeit in Anspruch nehmen. Ich wäre nur gern ein Teil davon.

20. Mai 1989

Anton war heute zum Spielen da. Sie haben von Maries Puppen die Köpfe abgerissen und sie auf einen Haufen gelegt. Marie fand das lustig, ich aber nicht, als ich es gesehen habe.

Kinder machen nun mal so etwas. Es erinnert mich an einen alten Klassenkameraden, der mir auf den Schulhof seine Tote-Fliegen-Sammlung in einer Streichholzschachtel gezeigt hat. Damals hat es mich auch nicht gestört. Was ist das nur mit Kindern und ihrer Faszination mit Tod und Zerstörung?

31. Mai 1989

Letzte Nacht war Gerd wieder im Keller. Ich bin an die Tür gegangen und habe gelauscht. Er hat mit jemanden geredet. Sie haben geflüstert oder das, was Männer unter Flüstern verstehen. Es klang wie ein anderer Mann. Also schlafwandelt er nicht.

Ist er in irgendwelche krummen Geschäfte verwickelt? Was wenn er die Bilanzen seiner Firma fälscht? Ich kann ihn nicht darauf ansprechen, er würde sowieso alles abstreiten.

7. Juni 1989

Dieses Mal ist er mit Marie verschwunden. Ich konnte hören, wie er sie aus ihrem Bett hob und in den Keller trug. Ich bin ihnen leise gefolgt. Als ich unten angekommen bin, war der Keller leer. Ich habe jeden Winkel abgesucht, habe die beiden aber nicht gefunden. Die einzige Möglichkeit aus dem Keller zu kommen, wären die Fenster gewesen, die immer noch verriegelt waren.

Ich weiß nicht, was ich tun soll. Die Polizei rufen? Die denken bestimmt, daß ich verrückt bin. Wie sollen sie da herausgekommen sein, wenn die Fenster noch von innen verschlossen sind?

Ich habe noch einmal nachgesehen. Es gibt keinen Geheimraum. Vielleicht träume ich das nur oder ich bin wirklich verrückt.

Sollte das nicht der Fall sein und Gerd Marie zurückbringen, packe ich unsere Sachen, hole sie aus der Schule ab und verschwinde mit ihr. Ich habe genug von diesen Heimlichkeiten und wer weiß, was er mit ihr anstellt.

Gott, lass das bitte nur ein Alptraum sein.

An dieser Stelle endete das Tagebuch. Am nächsten Tag würde ihr Vater sterben.

Was hatte ihr Vater mit ihr im Keller gemacht? Sie wusste es nicht. Hatte ihre Mutter sich das alles nur ausgedacht und ihren Vater in ihrem Wahn erschossen? Sie könnte sich die Waffe besorgt und später gelogen haben, um nicht angeklagt zu werden.

Marie hatte mal gehört, dass manche Kinder Missbrauchserfahrungen verdrängten. Allerdings hatte sie nicht das Gefühl, dass es ihr passiert war. Ihr Verhältnis zu Männern war normal, verglichen mit manch anderer Frau, die sie kennengelernt hatte.

Sie legte vorerst das Tagebuch zurück. Sie hatte gehofft, alte Fotoalben zu finden, die ihre Mutter versteckt haben könnte. Irgendetwas, was ihr die verlorenen Jahre ihrer Kindheit zurückgeben könnte. Im Wohnzimmer hatte sie vielleicht mehr Glück.

Früher hatte sie dort heimlich den Schrank durchwühlt, in dem ihre Mutter alle ihre Unterlagen aufbewahrte. Sie hatte nie einen Hinweis auf ihren alten Wohnort gefunden. Nach ihrem Umzug schien ihre Mutter alles neu beantragt zu haben.

Der Schrank war abgeschlossen.

Marie ging zurück ins Schlafzimmer und suchte zunächst das Nachtschränkchen durch. Sie tastete dann sämtliche

Oberflächen ab, falls ihre Mutter den Schlüssel irgendwo angeklebt hatte. Dasselbe machte sie mit dem Kleiderschrank und dem Bett.

Als sie unter das Bett kroch, wurde sie fündig. Am Kopfende war am linken Pfosten mit einem Stück Klebefilm ein kleiner Schlüssel befestigt. Sie riss ihn ab und öffnete damit den Wohnzimmerschrank.

Die Papiere, die sie dort fand, bildeten einen unsortierten Haufen. Marie nahm sie nacheinander heraus und legte sie auf dem Sessel ab, wenn sie mit ihnen nichts anfangen konnte. Unzählige Anschreiben von Behörden und psychiatrische Gutachten, damit ihre Mutter weiter Sozialhilfe beziehen konnte. Sie las sich ein medizinisches Gutachten durch, in dem ein Leberschaden attestiert wurde. Marie hatte nie gesehen, wie ihre Mutter Alkohol getrunken hatte.

Sie dachte an die manipulierten Wasserflaschen, die ihre Mutter im Tagebuch erwähnt hatte. Also war doch etwas drin gewesen?

Jeder weitere Brief führte sie weiter in die Vergangenheit. Ganz unten fand sie den Mietvertrag für diese Wohnung, auf dem die alte Adresse übermalt worden war, und einen alten nachgesendeten Briefumschlag, auf dem der Empfänger überklebt worden war. Damit in der Hand kniete sie sich an den Couchtisch und presste den Umschlag auf den Tisch, damit sie den Sticker besser abpuhlen konnte.

Die Deutsche Post hatte nicht am Kleber gespart. Sobald Marie eine Ecke anheben konnte und zu ziehen begann, sah sie, dass sich eine bedenkliche Menge vom Umschlag mit ablöste. Sie hielt inne und überlegte, ob sie es mit Wasserdampf versuchen sollte, was angeblich bei Briefmarken so gut funktionierte. Stattdessen zog sie vorsichtig weiter.

Die Adresse, die darunter zum Vorschein kam, war zwar beschädigt, aber noch lesbar. Ein Ort namens Hunnshagen, von dem sie noch nie gehört hatte. Die Postleitzahl war nicht mehr aktuell.

Sie riss den Umschlag auseinander, holte einen Stift und notierte die Adresse. Als sie das getan hatte, fragte sie sich, warum sie nicht einfach den Umschlag mitnahm. Niemand konnte sie daran hindern.

Ihre Sicht verschwamm, als sich ihre Augen mit Tränen füllten.

Nachdem sie sich wieder beruhigt hatte, fuhr sie fort.

Sie räumte die Briefe in einen Umzugskarton und packte noch ein paar Bücher darauf, bis der Karton voll war.

Die ganze Situation überforderte sie. Bisher war sie erst einmal umgezogen und das war, als sie hier ausgezogen war, und damals hatte sie nicht mehr als eine Handvoll Sachen herausgetragen. Jetzt sah sie den ganzen Krempel, der sich im Laufe eines Lebens ansammelte, und wusste nicht, wo sie anfangen sollte.

Allein schon die Masse an Büchern würde mindestens fünf Kartons füllen. Hätte sie mehr Geld gehabt, hätte sie jemand anderen mit dieser Aufgabe betraut. Sie würde einiges zurücklassen müssen wie zum Beispiel diese eineinhalb Meter hohe „afrikanische" Holzstatue, die ihre Mutter auf einem Flohmarkt gekauft haben musste, und jetzt die Ecke verunstaltete. In ihrer Vorstellung hatte es nicht mehr als zwei Tage gebraucht, die Sachen vorzusortieren und das, was sie in ihrem VW Polo mitnehmen konnte, zu ihrer Wohnung in Hannover zu schaffen. Sie hatte dem Vermieter bereits erklärt, dass sie keinen Platz für die Möbel hatte, daher durfte sie sie dalassen. Er schien sich für die Schränke zu interessieren, die noch gut in Schuss waren. Woher ihre Mutter sie hatte, konnte sie ihm nicht beantworten. Auf jeden Fall nicht vom Discounter, vielleicht von einer Wohnungsauflösung.

Hatte ihre Mutter noch mehr Tagebücher versteckt? Sie hatte die aus dem Nachtschrank bereits nach der Beerdigung gelesen. In ihnen stand nichts Besonderes drin. Außer dass sie die Gespräche aus der Nachbarwohnung protokollierte. Marie würde sie trotzdem auf jeden Fall mitnehmen. Selbst in den älteren Niederschriften wurde sie selten erwähnt, aber das, was über sie geschrieben wurde, vermittelte, wie stolz ihre Mutter auf sie gewesen war.

Sie stand auf, um den Rest der Wohnung abzusuchen. Mit ihrem Handy leuchtete sie hinter und unter die Schränke, fand aber nichts außer Spinnweben. Daraufhin holte sie die Schubladen komplett heraus. Unter der Besteckschublade fand sie schließlich einen Briefumschlag angeklebt.

Für einen Moment wollte sie den Brief einfach in den Müll schmeißen. Es könnte ein Testament sein oder wirres Zeug oder etwas, womit sie nicht rechnete. Letzteres bereitete ihr am meisten Sorgen. Wollte sie wirklich wissen, was vermutlich die letzten Worte ihrer Mutter waren?

Zögernd griff sie zu einem Obstmesser, womit sie den Umschlag aufschnitt. Es würde sie nicht umbringen, es zu lesen, hoffte sie.

Sie entfaltete die sich darin befindenden drei Seiten Kopierpapier. In der Handschrift ihrer Mutter stand:

Liebe Marie,

ich wünschte, ich könnte dir alles erklären. Leider kann ich das nicht. Mein letzter Wunsch ist, dass du nie wieder in die Nähe unseres alten Hauses gehst, weil ich nicht will, dass dir etwas passiert.

Sicherlich wirst du herausfinden, wo wir früher gewohnt haben. Selbst wenn ich alles vernichtet habe, was ich finden konnte, mit dem Internet sind diese Informationen im Handumdrehen zu finden.

Wenn du dies bisher noch nicht getan hast, dann lass es auch bitte weiterhin. Es ist nicht sicher.

Mama

Die anderen zwei Seiten waren leer. Möglich, dass sie noch etwas anfügen wollte, es aber vergessen hatte oder nicht mehr dazu gekommen war.

Sollte sie diesem Wunsch Folge leisten? Sie konnte sich beim besten Willen nicht vorstellen, was daran so gefährlich sein sollte, ihre alte Nachbarschaft zu besuchen. Außerdem, wie verlässlich waren die Worte einer Frau, die die letzten Jahrzehnte überwiegend in den eigenen vier Wänden verbracht hatte? Und da war noch die Hoffnung, endlich herauszufinden, wo ihr Vater begraben war.

Sie legte den Brief auf dem Küchentisch ab. Das lief nicht weg, erst einmal musste sie jedoch diese Wohnung ausräumen.

Anton

1

Zuerst sah er ein feines Spinnennetz. Dann erkannte er, dass es sich um die Windschutzscheibe handelte, die in hunderte kleine Glasstücke zersprungen war, aber noch hielt. Dahinter befand sich ein blutender Baum.

Das dachte er, bis er die roten Wanzen sah, die den Baum hochkrochen. Er schaute direkt auf ihr Nest, das sie sich in einem Spalt in der Rinde eingerichtet hatten.

Er war zu weit vorne.

Mühsam drehte er seinen Kopf zur Seite, wobei er ein glitschiges Geräusch hörte, als würde er sich auf Matsch bewegen.

Auf dem Beifahrersitz saß sein kopfloser Körper. Die Hände zuckten unkontrolliert und aus dem Halsstumpf sprudelte Blut wie aus einem Zimmerbrunnen.

Anton wachte auf. Nachdem die anfängliche Orientierungs-losigkeit nachließ, sah er, dass er auf dem Beifahrersitz eines Autos saß, das frontal gegen einen Baum gefahren war. Die Frontscheibe hatte ein paar Sprünge, aber da hörten auch schon die Ähnlichkeiten mit seinem Traum auf.

Der Fahrersitz war mit Blut durchtränkt.

Einer bösen Vorahnung folgend sah er sich seine Hände an. Sie waren ebenfalls blutig. Die Vorderseite seines T-Shirts war rötlich-braun und klebte noch feucht auf seiner Haut. Er war nicht verletzt, soweit er es beurteilen konnte, im Gegensatz zum Fahrer. Zwar sah er ihn nicht, aber wessen Blut sollte das sonst sein?

Die Tür leistete Widerstand, als er versuchte sie zu öffnen. Beim zweiten Versuch warf er sich mit seinem Oberkörper dagegen und sie schwang auf.

Er ging einmal um das Auto herum. Keine Spur vom Fahrer, weder Abdrücke noch Blutspuren. Da die Scheibe weitest-gehend intakt war, konnte diese Person nicht aus dem Auto geschleudert worden sein. Durch die Seitenscheibe sah er, dass die Schlüssel nicht mehr im Schloss steckten.

Er tastete seine Hosentaschen ab. Er hatte sie auf jeden Fall nicht.

Abgesehen vom schmalen Feldweg, auf dem sie hierher gekommen sein mussten, waren sie von dichtem Wald umgeben. Die frischen Reifenspuren verrieten ihm, aus welcher Richtung sie gekommen waren und wo dann wahrscheinlich auch die nächste Straße war.

Ein letzter Blick auf die Rückbank und sein Magen rutschte nach unten. Zwischen Vorder- und Hintersitz steckte eine Decke, unter der etwas in Menschengröße lag.

Der Wagen war ein Dreitürer, daher musste er erst die Fahrerseite öffnen und den Sitz wegklappen. Seine Hand ergriff den flauschigen Stoff und zog. Darunter kam ein toter Mann zum Vorschein.

Anton schmiss die Decke wieder zurück. Das Bild vom ehemals weißem Haar, das jetzt vom Blut braun und klumpig war, verharrte vor seinen Augen. Er war es gewesen. Er hatte es getan.

Er riss sich das T-Shirt vom Leib.

Mit steifen Beinen ging er zum Kofferraum und öffnete ihn. Darin lag neben dem Verbandskasten sein Rucksack. Ein

Pflaster würde seinem Opfer jetzt nicht mehr helfen, aber er musste dringend die Sachen loswerden, die er trug.

Während er sich schnell umzog, fiel ihm der Benzinkanister auf, der ebenfalls im Kofferraum lag. Er knöpfte seine Hose zu und schlüpfte in Turnschuhe, die ihm eine Nummer zu groß waren. Insgeheim hatte er sie bereits seine „Killerschuhe" getauft. Es war ein Wunder, dass die Polizei ihn noch nicht erwischt hatte.

Der Kanister war voll, wie ihm ein kurzes Schütteln zeigte. Entweder hatte er bei jedem Mord, der ihm passierte, unglaubliches Glück, oder in seiner geistigen Abwesenheit war er noch immer zu planvollem Handeln fähig.

Er stopfte seine schmutzigen Sachen in den Rucksack, zog ihn an und nahm den Kanister mit. Dessen Inhalt verteilte er auf den Sitzen und kippte die letzte Hälfte auf der Leiche aus. Ein letzter Rundgang, um seine Fußspuren zu verwischen, bevor er das Auto anzündete.

Augenblicklich begann es nach brennenden Kunststoff zu stinken. Der Kanister landete ebenfalls in den Flammen.

Er folgte dem Weg tiefer in den Wald hinein.

In dieser Richtung wurde der Pfad schmaler, bis er nicht mehr befahrbar war. Bis der Brand gemeldet wurde, hatte er eventuell noch zwanzig Minuten, und die Polizei würde ihm zu Fuß folgen müssen. Wenn er Glück hatte, hatte er noch mehr Zeit. Wenn er Pech hatte, würde der komplette Wald um ihn herum abbrennen. War es denn Pech? Zumindest würde das Wegrennen enden.

Diese Aussetzer hatten begonnen, als er neunzehn gewesen war.

3

In jener Nacht wachte er auf einem Campingplatz in einem Wohnwagen auf. Den Bewohner hatte er im Bett gefunden, eingehüllt in der Decke. Die unzähligen Stichwunden ließen keinen Zweifel an der Todesursache. Sein erster Gedanke war, dass der Mörder ihn nur niedergeschlagen hatte, um sich in Ruhe um sein eigenliches Opfer zu kümmern. Es musste etwas Persönliches gewesen sein. Warum sollte man sonst so oft zustechen? Aber warum war er voller Blut, wenn er am anderen Ende des Raumes gelegen hatte?

Er sah daraufhin die braunen Fußspuren, die vom Bett genau zu dem Ort führten, wo er aufgewacht war. Jetzt wurde ihm klar, dass nur es gewesen sein konnte. Zwar konnte er sich nicht daran erinnern, wie er hierher gekommen war und wieso er zugestochen hatte, dennoch gab es keine andere Erklärung. Es sei denn, jemand hatte sich die Mühe gemacht, ihm die Schuhe auszuziehen, den Typen zu erstechen und ihm dann die Schuhe wieder anzuziehen. Er klammerte sich an diese Vorstellung, dass ihn der echte Mörder in die Pfanne hauen wollte. Trotzdem musste er hier weg. Die Polizei würde einem Vagabunden wie ihm eine derart fantastische Geschichte nicht glauben.

Bei einem der Fenster zog er die Gardine beiseite.

Es war mitten im Winter, folglich war der Platz bis auf sie verlassen. Oder auch nicht. Draußen war es zappenduster, bis auf das Licht, das durch das Fenster fiel. Dort, wo es auf den Boden traf, wurde es vom Schnee reflektiert.

Er öffnete die Wohnwagentür einen Spalt. Die Nachtluft schlug ihm eisig entgegen und er begann sofort zu frösteln. Im Schnee waren Fußspuren, die zu ihnen herführten, jedoch keine davon weg. Dafür gab es ebenfalls eine Erklärung: Der Kerl war rückwärts gegangen. Sein Kopf nickte unbemerkt heftig, als ob er seine eigene Theorie bejahte. Schnell schlug er die Tür zu und stand auf.

Sein Wanderrucksack, den er Monate vorher aus einer Mülltonne gefischt hatte, lag in einer Ecke. Er schnappte sich ihn und griff sich seine Jacke. Sein Blick fiel auf die Turnschuhe, die unter dem Bett standen. Sie würden ihm zu groß sein, aber sie waren sauber, was er von seinen eigenen nicht sagen konnte.

Er machte sich keinerlei Mühe, den Tatort nach Hinweisen abzusuchen, die die Polizei zu ihm führen könnten, sondern lief einfach nur weg.

Später würde seine Theorie über den unbekannten Dritten in schlaflosen Nächten immer wieder Fragen aufwerfen. Zum Beispiel, warum es im Schnee nur wie zwei unterschiedliche Fußspuren aussah und nicht wie drei. Er hatte es auf seinen Panikzustand geschoben, dass er nicht genauer hingeschaut hatte.

Diese Episode geistiger Umnachtung musste ein paar Tage angehalten haben, denn er fand heraus, dass er nicht mehr in Deutschland sondern in Weißrussland war. Die Kleidung, die er im Wohnwagen getragen hatte, vergrub er in einem kleinen

Waldstück nahe eines Dorfes. Ob über den Mord in den Medien berichtet wurde, wusste er nicht, weil er kein Russisch verstand.

Er hielt sich dort zwei Wochen auf, bis er genug Geld für ein Zugticket gestohlen hatte. An der polnischen Grenze zu Deutschland angekommen, beschloss er, die restlichen Kilometer zu Fuß zurückzulegen.

Zwei Jahre später kam er in einem Kombi zu sich. Der Fahrer lag draußen auf der Erde, wie er durch die offene Tür sehen konnte.

Anton war ausgestiegen und hatte den Toten zurück ins Innere gezerrt. Er spürte nichts, als der Kopf dabei zurückrollte und eine klaffende Halswunde zum Vorschein kam. Nachdem der Körper wieder auf dem Sitz saß, knallte er die Tür zu und begann sein Gepäck zu suchen, was er im Kofferraum fand. Dort sah er auch einen vollen Benzinkanister.

Mechanisch hatte er Kleidung und Schuhe gewechselt und zum Schluss das Auto angezündet.

4

Er hielt an und lehnte sich schwer atmend gegen einen Baum.

Dieser Waldweg wollte einfach nicht enden, obwohl er nur noch zu erahnen war. Wo war er jetzt?

Der Mord in Frankreich lag drei Jahre zurück. An die Zeit danach hatte er vage Erinnerungen. Er war nach Deutschland zurückgekehrt und hatte sich mit kleineren Diebstählen und Betteln durchgeschlagen. Ein paarmal hatten ihm Polizisten einen Platzverweis erteilt, festgenommen hatten sie ihn aber nie.

Wann er in das Auto seines jüngsten Opfers gestiegen war, wusste er nicht. Sie könnten sonst wohin gefahren sein.

Für einen Moment überlegte er, sich zu stellen. Offensichtlich stimmte etwas nicht mit ihm. Ob es ein ominöser Killer war, der ihm folgte, um ihm Morde anzuhängen, oder er eine gespaltene Persönlichkeit hatte, war doch egal. Weggesperrt war wenigstens er sicher. Aber lebenslänglich für etwas zu sitzen, was er vermutlich nicht begangen hatte ... Das war nicht gerecht.

Oder vollgepumpt mit Drogen in der Klapse.

Er stieß sich vom Baum ab. Laufen ging nicht mehr, weil er Seitenstiche hatte. Stattdessen bewegte er sich im Laufschritt fort.

Schweiß begann ihm übers Gesicht zu laufen, den er abwischte. Er hätte mal in den Spiegel schauen sollen, dachte er, als er die braunen Streifen auf seinem Arm sah. Vorsichtshalber holte er das blutige T-Shirt aus dem Rucksack und wischte sich noch einmal mit der sauberen Hinterseite übers Gesicht.

Die Luft war unglaublich schwül, sodass er spüren konnte, wie sich wieder sofort die ersten Schweißtropfen auf seiner Stirn bildeten.

Ohne anzuhalten kramte er seine Wasserflasche heraus. Er trank ein paar Schlucke und verstaute die halbleere Flasche.

So wie es aussah, führte der Weg doch zu etwas.

Zwei rostige Eisenpfosten, die den Weg flankierten, ragten aus dem Grün. Als er näher kam, konnte er noch Reste vom Zaun erkennen, der das Gelände umfasst hatte. Der Rahmen des Tores lag halb vergraben auf dem Boden, der dicht mit Büschen und Bäumen bewachsen war. Es war kaum vom restlichen Wald zu unterscheiden, sah man von dem zerfallenen

Fabrikgebäude ab, das in ein paar hundert Metern Entfernung der kompletten Überwucherung noch trotzte.

Er schlug sich durchs Gebüsch, bis er vorm Eingang stand. Die Türen waren einladend geöffnet. Viele der Fenster waren noch intakt und die Wände, frei von Graffiti, verdeutlichten, dass er fern der Zivilisation sein musste.

Ihm wehte ein muffiger Luftzug entgegen. Das schreckte ihn nicht ab.

Seine Schuhe knirschten über den nackten Betonboden. Er ging durch den leeren Eingangsbereich, öffnete die schwere Doppeltür und betrat eine riesige Halle, welche ebenfalls leergeräumt war. Was hier hergestellt worden war, war nicht mehr zu erahnen. An den Wänden waren eindeutige Zeichen eines Wasserschadens zu erkennen. Die Decke sah aber soweit noch stabil aus.

Zielstrebig ging er zu einer Metalltür zu seiner Rechten. Als er sie aufzog, schlug ihm noch mehr abgestandene Luft entgegen. Eine Treppe führte nach unten in die Dunkelheit. Wenn ihn nicht die Luft umbrachte, dann etwas, was dort unten hauste, dachte er. Dennoch setzte er einen Fuß vor den anderen und stieg hinunter. Die Tür fiel hinter ihm krachend ins Schloss und er stand in einer absoluten Schwärze.

Das ist verrückt, schrie sein Verstand. Etwas in ihm ignorierte die Gefahr und trieb ihn weiter in die Tiefe. Er hielt sich mit einer Hand an der Wand fest und tastete sich Stufe um Stufe vor. Nur seine Schritte und sein Atem waren zu hören. Die Stille hatte etwas Lauerndes an sich, was sein Herz schneller schlagen ließ.

War es die Angst vor der Polizei, die ihn hierher gebracht hatte? Er hatte eher das Gefühl, dass das hier sein wahres Ziel war.

Sein linker Fuß tappte vergeblich nach einer Stufenkante. Er musste sich ungefähr ein Stockwerk tiefer befinden.

Seine Hände suchten nach der Wand, während er nach vorn stolperte. Da war eine Ecke, also gab es mehrere Möglichkeiten. Geradeaus war jedoch die Richtung, die ihm am sinnvollsten vorkam.

Seine Finger strichen über die glatten und kaltfeuchten Steine. Die Luft wurde nicht besser, aber auch nicht schlechter. Es musste eine minimale Zirkulation geben. Der feine Zug, den er auf der Haut spürte, konnte aber auch Einbildung sein.

Er wusste nicht wie viel Zeit vergangen war, seitdem er in den Keller hinabgestiegen war, als die Wand aufhörte. Seine Hand ertastete eine Ecke und er blieb stehen. Er streckte ein

Bein aus und schleifte ihn in einem Halbkreis vor sich über den Boden, der weiterhin eben war. Wenn er der Ecke folgte, ging die Wand weiter, also hatte er einen Raum erreicht.

Ein Gefühl von Geborgenheit überkam ihn. Er setzte seinen Rucksack ab und legte sich hin. Für eine Weile war er hier sicher.

Grüne Vorgärten, leere Häuser

1

Marie blinzelte übermüdet den Monitor ihres Computers an. Um sie herum standen die Kartons mit den Sachen ihrer Mutter, die jetzt ihre kleine Wohnung vollständig in Besitz nahmen. Sie würde sich später darüber Gedanken machen, was sie mit den Büchern anstellen würde. Viele von ihnen waren Beziehungsratgeber, mit denen Marie überhaupt nichts anfangen konnte. Es war so, als ob ihre Mutter versucht hatte, zu verstehen, was in ihrer Ehe schiefgelaufen war.

Außerdem waren da noch die Bücher über Aliens, Paranormales und Persönlichkeitsstörungen. Sie konnte unmöglich alle auf die umliegenden Bücherschränke verteilen, die die Stadt in letzter Zeit aufgestellt hatte. Die Bücherei in ihrem Viertel nahm auch keine Spenden mehr an. Dann blieb nur noch die Altpapiertonne, was eigentlich schade war.

Beim Aufräumen hatte sie keine weiteren versteckten Briefe oder Tagebücher gefunden. Es sei denn, sie hatte etwas zwischen die Seiten der Bücher gesteckt. Daran hatte Marie schon gedacht und probeweise ein paar Bücher geschüttelt, aber sie hatte es nicht mit allen gemacht. Es war extremes Glück gewesen, den Brief unter der Schublade zu finden.

Auf eine erneute Schnitzeljagd hatte sie keine Lust. Trotzdem würde sie die Bücher alle noch einmal durchblättern, um sicherzugehen. Irgendwo zwischen zwei Seiten könnten wertvolle Informationen versteckt sein. Ihre Mutter erwähnte eine Großmutter und Großtante, die mittlerweile verstorben sein mussten, aber vielleicht gab es da noch mehr Verwandte, von denen sie nichts wusste.

Sie richtete ihre Aufmerksamkeit wieder auf die Ergebnisse ihre Internetsuche über Hunnshagen, den Ort, an dem sie die ersten acht Jahre ihres Lebens verbracht hatte. Viele Treffer gab es nicht, damit hatte sie jedoch gerechnet. Das Dorf mit knapp eintausend Einwohnern lag achtzig Kilometer nordwestlich von Hannover, in der Nähe von Molln. Sie fand ein paar Artikel der Lokalzeitung über den Schützenverein und die Grundschule, die vor zwei Jahren einen Regionalwettbewerb mit dem Thema Umweltschutz gewonnen hatte. Nichts über ihren Vater. Es hatte keinen Prozess gegeben, daher war der Fall von den Medien vermutlich übersehen worden.

Sie hatte noch zwei Wochen Urlaub. Mehr als genug Zeit, hinzufahren und sich umzusehen. Der ein oder andere Nachbar könnte sich noch an ihre Familie erinnern.

Sollte sie über ihre Identität lügen? Sie wollte nicht auf die Paranoia ihrer Mutter eingehen, was allerdings nicht hieß, dass ihre Ängste nicht doch begründet sein könnten. Ihr fielen die Nachrichten über Pädophilenringe ein und es lief ihr kalt den Rücken herunter.

Wenn ihr jemand komische Fragen stellte, konnte sie ja behaupten, sie würde sich für ein Haus interessieren. Man würde sie kaum erkennen. Hoffte sie zumindest. Ihre Haare waren jetzt dunkelbraun statt blond und sie sah ihrer Mutter auch nicht ähnlich. Leider hatte sie keine Bilder von ihrem Vater um abzuklären, ob sie ihm ähnelte.

Marie schüttelte den Kopf. Sie machte sich viel zu viele Gedanken. Es war nur ein kleiner Ausflug. Was sollte dabei schon passieren?

2

Sobald sie die ersten Häuser am Ortseingang von Hunnshagen sah, begann sich ihr Magen zusammenzuziehen. Die Fassaden waren schmutzig und bröckelten, kaputte Zäune und überwucherte Bordsteine und Fußwege zogen an ihr vorbei.

Die mechanische weibliche Stimme des Navigationsgerätes sagte ihr, sie solle links abbiegen, was sie tat. Sie war jetzt noch zwei Straßen von ihrem Zielort, dem Eibenweg, entfernt.

Ihr begegnete die erste Ortsansässige, eine Frau mit kurzgeschnittenen braunen Haaren, die einen Kinderwagen vor sich herschob. Marie hob grüßend die Hand und die Geste wurde lächelnd erwidert. Sie fühlte sich sofort wohler, weil es etwas von der Unheimlichkeit dieses Ortes nahm. So hatte sie nicht mehr ganz das Gefühl, dass spontan eine Horde Inzucht-Kannibalen um die Ecke gelaufen kam.

Sie passierte einen Schweinezuchtbetrieb, bei dem gerade Fütterungszeit war. Das Geschrei der Tiere drang selbst durch ihre geschlossenen Fensterscheiben und über das Geräusch des Motors hinweg. Am Ende der Straße bog sie rechts ab, in den Eibenweg.

Eine paranoide kleine Stimme in ihrem Kopf (die nicht wie ihre Mutter klang) sagte ihr, dass sie durchfahren und irgendwo anders parken sollte, damit sich niemand das Kennzeichen merken konnte. Es schien übertrieben und sie überlegte hin und her und dann war sie auch schon an der Straßenecke. Gut, dass es keine Sackgasse war, das wäre echt peinlich – und auffällig – gewesen.

Sie schaltete das Navi aus, das sie eindringlich aufforderte, zu wenden. Bei einem größeren Grundstück parkte sie hinter einer Hecke am Straßenrand, wo der Hausbesitzer sie nicht sehen konnte. Oder war gerade das auffällig?

Sie stellte den Motor ab und zog den Schlüssel aus dem Zündschloss. War sie sich sicher? Keines der Häuser in dieser Straße stand zum Verkauf. Bei ihrer Durchfahrt hatte sie kein Maklerschild gesehen. Ein bisschen mehr Recherche hätte gut getan.

Eigentlich konnte sie sich das Lügen auch ersparen. Sie wollte einfach nur noch einmal ihr altes Haus sehen, das war nichts Verbotenes und durchaus verständlich. Mit Ehrlichkeit konnte sie bestimmt mehr von den Nachbarn erfahren, auch wenn darunter jede Menge Tratsch sein würde.

Das Navi wanderte unter den Sitz. Eher aus Gewohnheit als aus Besorgnis, weil sie bezweifelte, dass jemand am helllichten Tag in ein Auto einbrechen würde. Dann schnappte sie sich ihre Tasche und stieg aus.

Die Straße war immer noch wie ausgestorben. Es war ein Arbeitstag, aber selbst wenn man dies bedachte, wirkte es zu still. Die meisten ländlichen Gegenden litten doch angeblich an Überalterung, weil es in der Stadt mehr Arbeit gab, also kam es ihr komisch vor, dass ihr noch kein Rentner über den Weg gelaufen oder zumindest in seinem Garten anzutreffen war.

Sie ging zum Eibenweg zurück. Bei ihr läutete die Erinnerung immer noch nicht an der Tür. Wenn sie nicht die Hausnummer auf dem Briefumschlag gesehen hätte, wüsste sie nicht einmal, in welchem dieser heruntergekommenen Häuser sie früher gewohnt hatte.

Die Nummer acht, ihr altes Haus, war mit rötlichen Backsteinen gebaut worden, an denen sich irgendein Ziergewächs hochrankte, dessen Namen sie nicht wusste. Das dunkle Ziegeldach war komplett mit weißen Flechten und Moos überwachsen und in den Fenstern hingen weiße Bistrogardinen, die ein paar Orchideen Schatten spendeten. Es erweckte den Eindruck, als ob die Bewohner des Hauses schon ein wenig älter waren.

Ihre Hand griff nach dem Riegel, um das Tor zu öffnen. Ihre Finger berührten das warme von der Sonne erwärmte Metall und sie zog sie gleich wieder zurück. Das würde ihr nichts bringen. Diese Leute waren hierher gezogen, nachdem es passiert war. Sie würden nichts wissen.

Der Name Wegerich fiel ihr ein. Ihre Mutter hatte ihn im Tagebuch erwähnt. Die Straße war nicht lang, auf jeder Seite standen nicht mehr als zehn Häuser, es würde nicht lange dauern sie abzuklappern.

Sie fragte sich, wie viele sie schon misstrauisch durch ihre Vorhänge beobachteten, während sie von Haus zu Haus ging. So ganz konnte sie das Gefühl in einem Horrorfilm zu sein nicht abschütteln.

3

Gerade schloss sie die Gartenpforte des Hauses neben ihrem ehemaligen Haus, als ein älterer Herr aus dem Gebäude nebenan kam. Er sah Marie neugierig an.

Als sie ihn sah, wäre sie am liebsten schreiend weggerannt. Sie wurde stattdessen rot und lächelte schüchtern. Ihre Füße waren wie festgewachsen.

„Kann ich Ihnen helfen?", fragte der Mann mit einer sanften Stimme.

Er war ordentlich gekleidet und sah vertrauenswürdig aus. Marie entspannte sich ein wenig.

„Ich habe hier früher gewohnt", begann sie zu erklären ohne nachzudenken. Sie hatte es geahnt, unter Stress konnte sie nicht lügen.

„Marie?", fragte der Mann erstaunt.

„Genau."

Marie streckte die Hand über den Zaun und sie schüttelten sich die Hände.

„Was für eine Überraschung. Nachdem was passiert ist, hätte ich nicht damit gerechnet, dich noch einmal zu sehen."

„Deswegen bin ich hier. Ich möchte gern etwas mehr über meine Eltern erfahren."

Sie war froh, dass der Nachbar das Thema von sich aus angeschnitten hatte.

Der Mann deutete auf die Haustür hinter ihm.

„Möchtest du auf einen Kaffee hereinkommen?", bot er ihr an, während er schon die Pforte öffnete. Automatisch schritt sie hindurch und er schloss sie schnell hinter ihr, damit er sie überholen konnte, um die Haustür zu öffnen. Sie las schnell das Klingelschild: Arndt.

Im Inneren erwartete sie der intensive Geruch von Reinigungsmitteln, als ob sie unverdünnt auf die Wände aufgetragen und nie entfernt wurden. Unter dem überwältigenden Duft von chemischer Zitrone war ein leichter Uringeruch wahrnehmbar, bei dem sie die Nase kräuselte. Sie blieb nach zwei Schritten stehen, damit ihr Gastgeber wieder die Führung übernehmen konnte. Dieser streifte im Vorbeigehen ihre Hand und sie zog sie hastig weg. Er blieb beim Wohnzimmer stehen und streckte den Kopf hinein.

„Gisela", rief er, „schau mal, Marie ist zurück."

Marie sah über seine Schulter und winkte der alten Frau, die in einem Rollstuhl neben dem Sofa saß, kurz zu. Die Frau sah sie dröge an und hob die Hand zu einem schlaffen Gruß.

Herr Arndt setzte seinen Weg zur Küche fort. Für einen Moment war Marie hin- und hergerissen, sich fragend, ob es nun unhöflicher war, Herrn Arndt warten zu lassen oder Frau Arndt – sie nahm an, dass Gisela seine Frau war – sitzen zu lassen ohne wenigstens ein paar Floskeln mit ihr ausgetauscht zu haben. Gisela schien sich allerdings nicht sonderlich für Marie zu interessieren, da sie bereits wieder stumpf den Fernseher anstarrte, in dem eine Quizshow lief. Da Marie kaum fernsah, erkannte sie die Sendung nicht, jedoch sah sie nicht danach aus, als ob sie dem Zuschauer besonders viel Aufmerksamkeit abverlangte.

Herr Arndt war in der Küche bereits dabei, Wasser zu erhitzen.

„Du trinkst deinen Kaffee bestimmt mit Milch", sagte er, wobei er einen der oberen Schranktüren öffnete.

Marie gefiel nicht, dass er es so sagte, als ob er es ihr an der Nasenspitze ansehen konnte. Es erinnerte sie zu sehr an ihren Chef, der auch immer dachte, dass er ihre Gedanken lesen könnte.

„Ja", antwortete sie, als ob er es als Frage formuliert hatte, und blieb optisch an den riesigen Schränken hängen, die fast die ganze gegenüberliegende Wand in Beschlag nahmen. Die unteren Türen waren von makellosem Weiß, die oberen, wo eine Frau, die im Rollstuhl saß, nur schwer hinreichen konnte, waren eine Spur dunkler.

„Wo wohnst du jetzt?", fragte Herr Arndt, während er zwei Tassen aus einem Schrank holte und dann die Schranktür zuknallte.

„In Hannover."

Sie fragte sich, ob das nicht schon zu viel an Information war. Nicht für jeden über sechzig war das Internet Neuland.

„Möchte Ihre Frau nicht vielleicht auch eine Tasse?"

„Ach, Gisela trinkt keinen Kaffee."

Sie wollte ihn darauf hinweisen, dass dies ja nicht das einzige Getränk war, das man mit heißem Wasser herstellen konnte, verkniff es sich aber. Sie wusste nichts über die Beziehung zwischen diesen beiden Menschen. Er könnte nur aus Mitleid bei ihr geblieben sein – oder weil sie zumindest noch die untere Hälfte des Hauses putzen konnte.

„Geht es Ihrer Frau gut?"

Sie versuchte diese Frage beiläufig klingen zu lassen.

Er wiegte den Kopf und lächelte.

„Sie nimmt viele Medikamente, deshalb ist sie nicht ganz da. Wir sollten in der Küche bleiben. Besuch regt sie immer auf."

Er löffelte löslichen Kaffee, den er aus einem anderen Schrankfach hervorgeholt hatte, in die Tassen und goss das heiße Wasser darauf. Wenige Augenblicke später stieg ihr der wohlige Geruch des Gebräus in die Nase.

Sie setzten sich auf die Hocker, die um den kleinen Küchentisch verteilt waren. Er sprang sofort wieder auf.

„Die Milch!", rief er theatralisch.

„Könnte ich auch Zucker haben?"

„Natürlich."

Er riss die Schranktüren abermals auf, wobei Marie sehen konnte, dass sie randvoll mit Geschirr und Gewürzen waren und zu ihrem Erstaunen bewahrten sie die Milch ebenfalls dort auf.

Sie öffnete den Mund, um zu behaupten, dass sie ihre Laktoseintoleranz vergessen hätte, doch bevor sie einen Pieps herausgebracht hatte, sah er sie wieder an. Sein Haifisch-lächeln sorgte dafür, dass sie auch weiterhin keinen Laut von sich gab. Wenn Katzen grinsen könnten, würden sie so eine Maus anstarren. Die Panik, die in ihr aufstieg, war vollkommen unbegründet, wie sie wusste, aber sie konnte sich kaum auf dem Stuhl halten. Ihre Beine wollten aufspringen und aus dem Haus rennen.

Mach's kurz, versuchte sie sich zu beruhigen.

Er goss ihr Milch ein, die unverdorben aussah. Zumindest sah sie sich nicht gezwungen, Kaffee-Käse zu trinken. Danach schob er ihr die Tasse mit dem Zucker zu.

Marie schaufelte langsam ein paar Löffel in ihre Tasse. Was sollte sie ihn fragen?

„Wie geht es deiner Mutter?", fragte er.

„Sie ist vor kurzem verstorben."

Seine Reaktion auf diese Nachricht war nicht Bestürzung. Er nickte.

„Das habe ich mir gedacht. Warum solltest du sonst auf einmal hier wieder auftauchen."

„Kannten Sie meine Eltern gut?"

Marie verzog das Gesicht, als sie den Kaffee schmeckte. Zu süß.

„Nachdem was passiert ist, bin ich mir da nicht mehr so sicher."

Er lächelte immer noch.

„Wie waren sie so?"

„Nett. Deine Mutter hat Gisela oft bei der Gartenarbeit geholfen."

„Also haben sie sich nie gestritten?"

„Ich habe nie etwas gehört. Sie schienen sich immer gut zu verstehen."

„Mehr können Sie mir nicht sagen?"

Herr Arndt kratzte sich am Kinn, wobei seine Finger über seine Bartstoppeln raspelten.

„Ich bin Psychiater, daher ist mir natürlich aufgefallen, dass deine Mutter Probleme hatte", sagte er dann.

„Was für Probleme?"

Er legte wieder eine gewichtige Pause ein. Scheinbar genoss er die Aufmerksamkeit, die ihm Marie nun schenkte.

„Ich bin nicht hundertprozentig sicher – da ich sie ja nicht behandelt hatte – aber wenn man alles im Nachhinein betrachtet, deutete es auf eine paranoide Schizophrenie hin."

„Was für Anzeichen waren es denn?"

„Sie erwähnte einmal gegenüber Gisela, dass sie sich von einer Nachbarin verfolgt fühlte."

„Wirklich? Hat sie einen Namen genannt?"

„Nein. Und selbst wenn, Gisela könnte sich nicht mehr daran erinnern."

„Gab es noch mehr?"

„Sie wirkte immer ein wenig zerstreut. Ihre Sprache spiegelte das wider. Weißt du was Idiophrasie ist?"

Marie schüttelte den Kopf.

Herr Arndt schlürfte seinen Kaffee. Das Geräusch hallte durch die Küche und ließ Marie an einen Troll denken, der in seiner Höhle saß und genüsslich das Mark aus dem Knochen eines seiner Opfer saugte.

4

Erleichtert atmete sie draußen die frische Luft ein. Sie zuckte zusammen, als hinter ihr die Tür unsanft ins Schloss fiel.

Da wäre noch Frau Wegerich, die Nachbarin, die in dem Tagebuch erwähnt worden war. Hätte Herr Arndt sie nicht abgefangen und erst nach (sie sah auf ihr Handy) zwei Stunden wieder gehen lassen, wäre das ihre erste Anlaufstelle gewesen. Immerhin hatte ihre Mutter sich die Mühe gemacht, sie namentlich zu nennen - im Gegensatz zu Gisela.

Wenn ihre Mutter ihr tatsächlich so viel geholfen hatte, war das keine Eintragung wert gewesen? In der Zwischenzeit hatte sie alle Tagebücher zumindest überflogen und nirgendwo waren die Arndts aufgetaucht. Sie nahm also nicht alles, was Herr Arndt ihr erzählt hatte, für bare Münze. Wahrscheinlich hatte er die Beziehung zu ihren Eltern aufgebauscht, um Marie länger zulabern zu können. Was wirklich Neues war nicht dazu gekommen. Dass ihre Mutter nicht alle Tassen im Schrank hatte, hatte sie bereits gewusst und bald war Herr

Arndt in seine glorreiche Jugendzeit abgeschweift, in der ihm schon früh die Erkenntnis gekommen war, dass er dazu auserkoren war, anderen Menschen zu helfen.

Sie fuhr fort, die Namensschilder zu lesen, sofern sie vorhanden waren. Am Ende der Straße angekommen, wollte sie schon auf den gegenüberliegenden Bürgersteig wechseln, um ihre Suche fortzusetzen, als sie stehen blieb und sich doch noch mal das Haus ansah, aus dessen Einfahrt sie gekommen war. Aus dem kniehohen Gras weiter hinten ragte ein verrosteter Fahrradlenker. Könnte das das Haus der verrückten Nachbarin sein?

Es sah immer noch unbewohnt aus, ging man nach den Hecken, die aussahen, als ob sie seit Jahrzehnten nicht geschnitten worden waren. Die Fensterrahmen könnten auch einen neuen Anstrich gebrauchen.

Marie tat das, was ihre Mutter vor gut zwanzig Jahren gemacht hatte – schnüffeln. Sie konnte noch schwach einen Steinplattenweg erkennen, der sie um das Haus herumführte. Den hinteren Teil des Gartens hatte sich die Natur ebenfalls zurückgeholt und sie musste sich durch Brombeersträucher und Rhododendron kämpfen, um in die Fenster zu schauen.

Sie sah alte Zeitungen und von Motten zerfressende Kleidungsstücke, die über die Möbel drapiert waren. Sollte sie versuchen, durch die Hintertür einzudringen? Die hohen Hecken gaben ihr Sichtschutz und offensichtlich kümmerte sich niemand um das Grundstück. Rechtfertigte Neugier einen Einbruch?

Die einfache Glastür, die es gab, wackelte verdächtig, als sie daran rüttelte. Sie zog ein wenig fester und das Schloss gab nach.

Die aus dem Spalt dringende warme Luft roch nach Fäkalien, sodass sie erst einmal einen Schritt zurückging, um nicht loskotzen zu müssen. Ein ähnlicher Geruch war ihr in der Wohnung einer ehemaligen Mitschülerin entgegengeschlagen, deren Familie fünf Katzen auf drei Zimmer verteilt hatte. Mit dem einzigen Unterschied, dass es hier nicht ganz so frisch roch.

Sie begann flacher zu atmen und setzte einen Fuß in die Küche. Falls sie jemand erwischte, konnte sie sich damit herausreden, dass sie Schreie gehört hatte.

Abgesehen von einem schmalen Pfad war jeder Quadratzentimeter Boden und jede auch nur erdenkliche Ablagefläche mit Stapeln aus Zeitungen und Werbeprospekten bedeckt. Im

Vorbeigehen sah sie das vergilbte und gewellte Gesicht von Bundeskanzler Kohl an.

Sie schaute kurz im Wohnzimmer vorbei, das sie bereits durch die Fenster gesehen hatte, wagte sich aber nicht hinein, weil von dort die schlimmsten Ausdünstungen zu kommen schienen. Unter den Kleiderbergen hatte eine Leiche locker Platz, um in aller Ruhe vor sich hinzuverwesen ohne entdeckt zu werden.

Die Durchgänge wurden schmaler, je tiefer sie sich ins Haus hineinbewegte. Es entwickelte sich zu einem Geschicklichkeitstest, den sie auf keinen Fall verlieren wollte. Diese Gelegenheit, sich Krätze oder Rattenbisse einzufangen, ließ sie sich gerne entgehen.

Das Schlafzimmer war nicht begehbar, da sich dort die Müllsäcke stapelten. Und das Bad hatte einen engen Weg zur Toilette, an deren Fuß sich die weißen Fliesen braun verfärbt hatten.

Sie schaute nach rechts zur Haustür, die schon lange vor dem Verschwinden der Eigentümerin nicht mehr benutzt worden war. Es sei denn, es war Teil ihrer Morgenroutine gewesen über Kisten zu klettern.

Sie drehte sich weiter auf der Stelle, bis sie die Kellertür im Blick hatte. Nachdem sie jetzt schon ein konstantes Kribbeln auf ihrer Haut und in ihrer Nase spürte, erschien die Idee nach unten zu gehen ausgesprochen dumm. Aber ein kurzer Blick konnte nicht schaden.

Sie schob den Bolzen beiseite und drückte die Tür auf. Das einfallende Licht offenbarte nackte Betontreppen, die zunächst ins Nichts führten.

Ihre Augen brauchten einen Moment, bevor sie den Boden erkennen konnte. Erstaunlicherweise wirkte der Keller fast schon leer, wenn man ihn mit hier oben verglich. Auch dort standen Kartons herum, allerdings waren sie an die Wände gerückt worden, so dass ein Großteil des Bodens begehbar war.

Sie ging hinunter und blieb erst einmal stehen. Die Luft war feucht, was sich durch die dunklen Streifen von eingedrungenem Regen unter den kleinen Fenstern, die den Räumen ein schwaches Licht spendeten, erklären ließ. Oder durch die Tatsache, dass Keller im Allgemeinen irgendwie immer feucht waren.

Außer dem Hauptraum gab es noch zwei aus Brettern selbst zusammengezimmerte Verschläge. Und dann waren da noch die zwei Meter hohen Regale, die bis zur Decke reichten und gefüllt mit Marmeladengläsern waren. Es waren auch nicht die aus dem Supermarkt, sondern die altmodischen aus Glas mit dem Gummiring und dem Schnappverschluss. Das Einmachjahr – 1975 – verursachte das nackte Grausen bei ihr und die Brombeermarmelade wanderte eiligst zu ihren vergessenen Mitstreiterinnen, der Erdbeer- und der Aprikosenmarmelade, zurück.

In den Kisten befanden sich Porzellanpuppen, die sie mit ihren leblosen verstaubten Augen ansahen. Diese könnten Sammlerwert haben, aber sie war nicht zum Stehlen hier, wie sie sich erinnerte.

Sie öffnete die Brettertür des ersten Verschlages, wohinter sich eine kleine Besenkammer befand, in der ein Staubsauger stand.

Die zweite Tür war mit mehreren Vorhängeschlössern gesichert worden. Marie überlegte das Saugrohr des Staubsaugers als Brecheisen zu nutzen, verwarf diese Idee aber wieder. Ihre Neugier hatte sie weit genug getrieben.

Über ihr waren Schritte zu hören.

Jemand hatte sie gesehen und die Polizei gerufen. Und die Kellerfenster waren zu klein, um herauszukriechen. Sie saß in der Falle.

Es folgte ein Rumpeln und Poltern, das nur bedeuten konnte, dass einer der Kistentürme umgefallen war.

Während sie darauf lauschte, ob die Person im Erdgeschoss unter den Kisten begraben worden war oder sich bewegte, sah sie sich nach einem möglichen Versteck um. Genug Kartons standen herum, notfalls konnte sie sich auch hinter den dicht bepackten Regalen verstecken und hoffen, dass man sie bei dem schlechten Licht nicht sehen würde.

Sie sah auf ihr Handy. Ihre Augen hatten sich an die im Keller herrschende Dämmerung gewöhnt und sie musste sie zusammenkneifen, damit sie die Uhrzeit sehen konnte.

17:09 Uhr.

Die Schritte waren wieder zu hören. Diesmal entfernten sie sich wieder von ihr, wie sie mit Erleichterung bemerkte. Trotzdem würde sie noch eine Weile hier unten bleiben, nur um sicherzugehen.

Sie ging noch einmal zu dem verschlossenen Verschlag und suchte die Taschenlampen-App in ihrem Handy heraus, um in den Spalt zu leuchten, der sich bei den Türangeln befand. Eine unverputzte Ziegelwand kam zum Vorschein und ein Gang, der gerade einmal hoch genug war, dass sich eine Erwachsene gebückt darin bewegen konnte. Sämtliche Restneugier, die sie verspürt hatte, verpuffte.

Was war, wenn die Person weggegangen war, um durch den Tunnel zu kommen?

Sie steckte ihr Handy zurück in die Hosentasche und ging mit ausgreifenden Schritten zur Kellertreppe. Am oberen Ende angekommen, blieb sie für einen Moment still, bevor sie die Tür öffnete. Die Tür begann zu quietschen, als ob Marie beim ersten Mal sämtliche Restschmiere aufgebraucht hatte, die sich in den Angeln befunden hatte.

Angespannt wartete sie darauf, dass jemand über die Kisten gestürmt kommen würde.

Als nach mehreren Minuten niemand kam, traute sie sich endlich hinaus. Sie sah zur Haustür und hielt unwillkürlich den Atem an, sobald sie den dunklen Umriss sah, der durch das in der Tür eingelassene Milchglas zu erkennen war.

Er konnte sie nicht sehen, oder? Sie ging in die Hocke und bewegte sich weg von der Haustür. Zurück in den Keller, war ihr erster Gedanke gewesen, aber von dort gab es kein Entkommen.

Warteten weitere an den anderen Ausgängen?

Sie ging immer noch hockend zum Schlafzimmer. Bei den ganzen Müllsäcken würden sie es schwer haben, zu ihr vorzudringen. Auch wenn es schwachsinnig erschien, da es nur das Unvermeidliche hinauszögern würde, gab es die winzige Hoffnung, dass niemand vor diesen Fenstern auf sie wartete und sie sich hinausschleichen konnte.

Marie stemmte ihr gesamtes Körpergewicht gegen die Schlafzimmertür. Die dahinter liegenden Müllsäcke raschelten verärgert, gaben aber genug nach, sodass sie sich in das Zimmer hineinzwängen konnte.

Sie kletterte auf die Säcke und schloss die Tür. Anschließend zog sie ein paar der oberen Säcke herunter, damit sie vor die Tür fielen.

Nachdem sie sich durch dieses Meer aus stinkenden Plastik gekämpft hatte, schaute sie vorsichtig durch die zugezogenen Vorhänge. Wenn sie ihr Gesicht seitlich gegen das Glas presste, konnte sie einen dicken Mann sehen, der an der Wand lehnte und rauchte. Marie war optimistisch ihn abhängen zu können, obwohl sie selbst Sport immer gehasst hatte.

Sie hatte direkten Blick auf die Straße, auf der sich niemand aufhielt. Der Zaun, der sie davon trennte, hatte ihr bis zur

Hüfte gereicht, soweit sie sich erinnern konnte. Das Tor war geschlossen worden und würde außerdem erfordern, dass sie schräg darauf zulaufen müsste. Es würde zu viel Zeit kosten. Sie hatte keine Wahl.

Marie kletterte auf das Fensterbrett, dabei blieb sie hinter dem Vorhang. So schnell sie konnte, drückte sie den Fensterhebel nach unten und zog daran.

Das Fenster öffnete sich mühelos und Marie sprang hinaus und begann zu rennen.

„Sie ist hier!", hörte sie den Mann schreien.

Marie stieg über die Holzlatten des Zauns, dabei blieb sie mit der Hose an ihnen hängen. Sie riss sich los, wobei sie unterschwellig das Reißen des Stoffes wahrnahm, aber dies war nicht der Zeitpunkt um über einen Fashion-Faux-pas nachzudenken.

Hinter ihr stampften die schweren Tritte ihrer Verfolger.

Sie erreichte das Ende der Straße und sprintete um die Ecke.

Ihr Auto war unbewacht. Ohne ihr Tempo zu verringern, holte sie ihren Schlüssel aus der Hosentasche. Sie rammte ihn ins Schloss, entriegelte die Tür und klemmte sich hinter das Lenkrad. Dann startete sie den Motor und gab Vollgas.

Bevor sie mit quietschenden Reifen abbog, riskierte sie einen kurzen Blick in den Rückspiegel. Drei Männer, und weiter hinten der Dicke, standen auf dem Bürgersteig. Keiner von ihnen trug eine Uniform.

5

Auf der Autobahn löste sie einen Blitzer aus. Erst dann merkte sie, wie schnell sie unterwegs war. Sie zwang sich langsamer zu fahren, um nicht von der Polizei angehalten zu werden. Den Beamten könnte sie auf keinen Fall erzählen, warum sie wie eine gesengte Sau fuhr. Wahrscheinlich würden sie diesen Männern Recht geben, weil sie diejenige war, die in ein Haus eingebrochen war.

Waren das wirklich nur Möchtegern-Helden gewesen, die einen Einbrecher schnappen wollten? In Maries Gedanken tauchten andere Szenarien auf, was die Herrschaften vielleicht noch mit ihr vorgehabt haben könnten, die nicht damit endeten, dass sie der Polizei übergeben wurde.

Als sie sich Hannover näherte, wurde der Verkehr dichter und sie musste sich darauf konzentrieren. Vor einer Baustelle kam es zu einem Stau, der auch nicht dadurch besser wurde, dass ein paar Autofahrer Spurwechsel versuchten, was in einem Hupkonzert endete. Es gab Marie etwas Zeit, um sich zu beruhigen.

Hatte man sie der Polizei gemeldet? Einer der Männer könnte sich ihr Kennzeichen gemerkt haben. Zumindest wussten sie, wie sie und ihr Auto von hinten aussahen und Herr Arndt wusste, wie sie hieß.

Welcher Teufel hatte sie geritten, in dieses Haus zu gehen? Die offene Terrassentür war wie eine Einladung gewesen. Eine, die sie besser nicht angenommen hätte.

Jetzt konnte sie nur abwarten, ob es ein rechtliches Nachspiel gab. So ganz konnte sie dies nicht glauben. Die Männer hatten ihr aufgelauert, weil sie entweder selbst nichts Gutes im Schilde führten oder es nicht für nötig gehalten hatten, jemanden zu informieren.

Außerdem ... Sie war eine Buchhalterin, die niemals straffällig geworden war. Und das Haus sah nicht so aus, als ob man daraus etwas Lohnenswertes stehlen konnte. Sie sollte am besten bei ihrer Geschichte bleiben, dass sie jemand schreien gehört hatte. Da konnte man ihr nicht das Gegenteil beweisen und beiläufig konnte sie dann auch noch diesen Tunnel unten im Keller erwähnen.

Marie riss sich aus ihren Gedanken, weil sich der Stau allmählich auflöste, nachdem sie die Baustelle passiert hatte. Gegen 22 Uhr kam sie in ihrer Straße an und machte sich auf die Suche nach einem Parkplatz, den sie fünf Minuten später in einer Nachbarstraße fand.

Erschöpft schleppte sie sich zu ihrer Wohnung. Jetzt nahm sie den leichten Müllgeruch an sich wahr. Sie hatte ja noch ein paar Tage Urlaub, genug Zeit um diesen Geruch und Hunnshagen aus dem Gedächtnis zu streichen.

Sie schlich die Treppe zu ihrem Stockwerk hinauf, um das ältere Ehepaar, das unter ihr wohnte, nicht zu wecken. Es waren nette, allerdings auch sehr neugierige Menschen. Obwohl Marie nach dem heutigen Tag sich in dieser Hinsicht an die eigene Nase packen konnte.

Die Luft in ihrer Wohnung war stickig, weil sie nicht daran gedacht hatte, ein Fenster zu kippen, bevor sie gegangen war. Das war das Erste, was sie nachholte. Anschließend zog sie sich bis auf die Unterwäsche aus und legte sich ins Bett. Sie lag einen Moment da wie ein toter Fisch, bevor sie sich verärgert auf den Armen aufstützte. Der Müllgeruch kam aus ihren Haaren.

Sie durchwühlte das Schränkchen neben dem Bett nach der Handcreme, die sie darin aufbewahrte, und schmierte sich eine Handvoll davon ins Haar. Der Geruch verschwand nicht ganz, wurde jedoch erträglich.

6

Marie verschlief den ganzen Morgen und wachte gegen Mittag auf. Strähnen ihres Haars klebten auf ihrer Wange, die sie angeekelt wegwischte. Ihr Kopfkissen fühlte sich auch nicht besser an.

Sie kroch aus dem Bett und unter die Dusche.

Nachdem sie sich wieder sauber fühlte, schlang sie ein Handtuch um ihren Körper und kehrte ins Schlafzimmer zurück, um das Bett neu zu beziehen. Unter der Bettdecke fand sie ihr Handy, das sie beim Ausziehen achtlos aufs Bett geschmissen und dort vergessen hatte. Jetzt hatte es einen kleinen Sprung an der linken oberen Ecke des Displays, weil sie darauf gelegen hatte. Sie strich verärgert mit dem Daumen über diese Stelle und legte das Gerät dann auf die Kommode. Es befand sich gerade einmal vier Monate in ihrem Besitz und hatte sie eine Stange Geld gekostet. Selbst schuld, dachte sie. Aber wenigstens hatte sie es nicht verloren.

7

Die restlichen vier Tage ihres Urlaubs verbrachte sie damit, die Bücher ihrer Mutter auf diversen Onlineseiten anzubieten. Tatsächlich fand sie einen Interessenten für die Psychologie-Bücher. Er bot ihr zwanzig Euro für die ganze Kiste an und dass er sie selbst abholte, da sie beide in Hannover lebten. Marie zögerte, auch wenn sie gern wieder mehr Platz in ihren eigenen vier Wänden gehabt hätte. Irgendwie wollte sie nicht, dass dieser Mann wusste, wo sie wohnte.

Geschlagene zehn Minuten starrte sie die E-Mail an und fragte sich, wie sie es so formulieren konnte, ohne dass er dachte, dass sie ihn für einen Serienkiller hielt. Oder sollte sie einfach ehrlich sein? Schließlich schrieb sie ihm, dass sie ihre alte Mutter zu Hause pflegte, die total paranoid gegenüber Fremden war.

Sie schlief in diesen Tagen nicht sonderlich gut, weil sie immer wieder von den Männern und dem Haus träumte. Manchmal versuchte sie vor ihnen davonzuschwimmen, aber das Wasser leistete Widerstand, als ob es aus Flüssigkleber bestand. Manchmal war sie im Keller und wusste, dass sie vor der Tür auf sie warteten. Die einzige Möglichkeit zu entkommen war der Tunnel, in den sie begann hineinzukriechen, bevor sie sich zwang aufzuwachen.

8

Am letzten Tag, bevor sie wieder zur Arbeit musste, lag sie lange wach. Sie hatte eine regelrechte Einschlafphobie entwickelt. Der Realismus der Träume war einfach zu viel und sämtliche Tipps aus dem Internet, wie man Träume steuern konnte, hatten nichts geholfen.

Zu guter Letzt fielen ihr doch die Augen zu und sie kehrte wieder zu diesem Haus zurück. Diesmal kroch sie über die Säcke, öffnete das Fenster und flog davon.

Am nächsten Morgen bereitete sie sich wie üblich auf die Arbeit vor. Aufstehen, sich einigermaßen ansehnlich herrichten, wobei sie überlegte, ob sie genug Schminke hatte, um die Ringe unter ihren Augen aufzufüllen oder ob sie dafür einen Zementmischer benötigte, und etwas essen.

Während sie an ihrem trockenen Brötchen knabberte, las sie eines der Bücher über Außerirdische, die ihre Mutter hinterlassen hatte. Es war eigentlich ganz interessant, wenn man davon absah, dass der Verfasser es todernst meinte. Vielleicht war auch sie in Hunnshagen mit ein paar Aliens aneinander geraten. Laut diesem Autor war jeder zweite Mensch eigentlich nur eine Art Anzug oder noch schlimmer ein Spion für humanoide Echsen, die die Menschheit versklavt hatten.

Marie sah auf ihr Handy und schlug das Buch zu. Zeit, Geld zu verdienen.

Sie ging zum Flur, hob ihre Handtasche auf und verließ das Haus.

Die zwanzig Minuten zu dem Kaufhaus, bei dem sie arbeitete, legte sie gewöhnlich zu Fuß zurück. Sie wäre sowieso bei ihrem Schlafmangel keine gute Autofahrerin gewesen.

Sie kam an und wurde gleich von den mitleidigen Blicken ihrer Kollegen begrüßt. Marie erwiderte sie mit einem Nicken und setzte sich an ihren PC.

Frau Schneider, die im Einkauf tätig war, kam an ihren Schreibtisch.

Irgendwann im Laufe von Maries Ausbildung hatte die dralle Dame mit dem flotten Haarschnitt beschlossen, sie inoffiziell zu adoptieren und seither für alle Probleme immer ein offenes Ohr gehabt. Marie musste diese „Verlorenes-Küken-Aura" haben, die Frauen in ihren Mittvierzigern magisch anzog. Nicht, dass es sie jemals gestört hatte, nur heute hätte sie sich gewünscht, still vor sich hin leiden zu können.

„Kann ich etwas für dich tun?", fragte Frau Schneider.

Marie lächelte kurz. Angesichts des sanften Tonfalls, in dem sie angesprochen wurde, begannen ihre Augen zu brennen und ihre Kehle schnürte sich zu.

„Ich brauch etwas Zeit für mich", brachte sie heraus, nachdem sie einmal hart schluckte.

„Okay … Aber sag Bescheid, wenn du etwas brauchst", sagte Frau Schneider und ging wieder an ihren Platz.

Marie widmete sich dem, was während ihrer Abwesenheit liegen geblieben war und war bald darin versunken. Sie bemerkte einen Zahlendreher und ging leise fluchend die ganze Tabelle, an der sie gerade arbeitete, Ziffer für Ziffer durch.

Sie machte eine Stunde früher als üblich Schluss, was ihr Chef auch klaglos hinnahm.

Auf der Straße kam in dem Moment, als sie das Gebäude verließ, ein Taxi vorbeigefahren. Marie sah ihm sehnsüchtig hinterher, entschied sich jedoch dagegen, sich eines zu rufen. Die paar Meter würde sie noch schaffen.

Zu Hause würgte sie ihr Abendbrot herunter, das sie sich aus zwei verschiedenen Tütensuppen zusammengerührt hatte und ging danach direkt ins Bett.

In der Nacht schreckte sie auf, weil sie glaubte, jemanden schreien gehört zu haben. Sie lag mit klopfendem Herzen da und lauschte der Dunkelheit. Aber was auch immer sie geweckt hatte, wiederholte sich nicht. Schließlich schob sie es auf streunende Katzen.

9

Langsam setzte der Alltagstrott wieder ein. Sie ging arbeiten, kam nach Hause, vertrödelte die drei, vier Stunden bis zum Schlafengehen, stand auf und ging arbeiten.

Frau Schneider und ihre anderen Arbeitskollegen begannen, sie wieder normal zu behandeln. Länger hätte sie diese gedrückte Stimmung auch nicht ausgehalten. Es war fast deprimierender, als die Beerdigung ihrer Mutter, bei der nur sie anwesend gewesen war.

10

Marie traf sich an einem Samstag mit dem Mann, der die Bücher kaufen wollte, auf dem Parkplatz eines Supermarktes. Freundlicherweise hatte er ihr eine Beschreibung seines Autos und des Kennzeichens geliefert. Der fuchsrote Ford stach ihr sofort ins Auge, als sie auf die Parkfläche fuhr.

Zunächst bekam sie einen Schreck, weil etwas an ihm sie an die Männer aus Hunnshagen erinnerte. Sie blieb im Auto und beobachtete ihn einen Augenblick, bevor sie ausstieg.

Obwohl sie pünktlich war, sah sie der Mann leicht verärgert an.

„Ist etwas nicht in Ordnung?", fragte sie besorgt, während sie ihm die Hand schüttelte.

„Mir hat jemand eben die Vorfahrt geklaut."

Er bemühte sich ein freundliches Gesicht aufzusetzen.

„Soll ich Ihnen beim Tragen helfen?", bot er ihr an.

„So schwer ist sie nicht."

Marie ging mit ihm zur Heckklappe ihres Autos und öffnete sie.

„Ein paar von ihnen sind nicht in einem ganz so guten Zustand", entschuldigte sie sich.

„Passt schon."

Der Mann fischte einen zerknitterten Zwanziger aus seiner Jeans, den er ihr in die Hand drückte. Dann hob er die Kiste aus dem Kofferraum. Er drehte sich um und verharrte.

„Ist das ihr Freund?", fragte er scherzhaft.

„Was meinen Sie?"

Marie schaute verwirrt in die Richtung, in die er schaute. Gerade stieg ein älterer Mann aus einem Geländewagen und ging zum Geschäft.

„Ich hätte schwören können, dass er uns angestarrt hat."

Er verlagerte ein wenig das Gewicht des Kartons auf seinen Armen und ging zu seinem Auto, nachdem er sich von ihr verabschiedet hatte.

Eigentlich hatte Marie vorgehabt, gleich einkaufen zu gehen, wenn sie schon einmal hier war. Nun setzte die Paranoia wieder ein. Das Auto hatte kein Hannover-Kennzeichen.

Dummerweise hatte sie nicht darauf geachtet, welches Kürzel die Autos in Hunnshagen gehabt hatten, aber das konnte man schnell nachschauen.

Sie machte unauffällig ein Foto von dem Auto, schloss die Heckklappe ihres eigenen und fuhr zu einem anderen Laden.

Später verstaute sie ihre Einkäufe in der Küche und sah dabei zufällig aus dem Fenster. Sie hatte Blick auf die Straße, also sah sie die dort geparkten Autos.

In einiger Entfernung hinter einem Baum parkte ein Geländewagen, wie sie ihn am Supermarkt gesehen hatte. Der Fahrer war nicht erkennbar, aber jemand saß hinter dem Steuer. Dieser Jemand stieg aus und sah aus wie eine Frau.

„Spinn nicht rum", murmelte sie.

Der Wagen war ihr bestimmt nur aufgefallen, weil sie darauf fixiert gewesen war.

Vielleicht hatte sie doch Grund herumzuspinnen. Das Kennzeichen vom Supermarkt, hatte sie herausgefunden, könnte aus Hunnshagen stammen – oder aus einem der anderen Orte des zugehörigen Landkreises.

Marie fragte sich, ob es so anfing. Der leise Abstieg in den Wahnsinn.

Sie stand auf und ging zurück zur Küche, um nachzusehen, ob das Auto noch da stand. Tat es.

Sollte sie herausgehen und sich das Nummernschild anschauen? Solange sie nicht minutenlang um das Auto herumschlich, würde es keinem ausfallen. Einfach nur um sicher zu sein, dass es nicht dasselbe war.

Im Flur debattierte sie noch einmal mit sich selbst, die Schlüssel bereits in der Hand. Was brachte ihr das? Jemand konnte ja zu Besuch sein und rein zufällig vorher einkaufen gegangen sein. Sie hatte ein Geschäft in ihrer Nähe ausgesucht, weil sie es kannte, also war es nicht unwahrscheinlich, dass andere Anwohner dort einkauften.

Andererseits, was konnte es schon schaden, kurz nachzusehen, solange sie kein Drama daraus machte? Eine kurze Runde um den Block, die sie zufällig am Auto vorbeiführte, und sie konnte die Sache abhaken.

Sie stapfte hinunter auf die Straße und ging zum Geländewagen. Bei ihrem „unauffälligen" Vorbeigehen sah sie, dass es tatsächlich dasselbe Auto war. Am Rückspiegel hing eine echte Hasenpfote und auf der Rückbank lag eine Plastikflasche. Ansonsten war das Auto so sauber, als hätte man es ordentlich durchgekärchert.

Marie ging weiter. Was hieß das schon? Dann war halt jemand zu Besuch. Sie schüttelte den Kopf und drehte ihre Runde zu Ende.

Als sie wieder in ihre Straße einbog, war das Auto weg.

Marie blieb wie vom Schlag getroffen stehen und starrte verständnislos auf die Lücke, wo es geparkt gewesen war. *Du bildest dir das alles ein*, ertönte eine leise Stimme aus einem der Hinterstübchen in ihrem Kopf. *Vielleicht sogar das Auto ...*

Sie bereute nun, kein zweites Foto gemacht zu haben. Es hätte diese Stimme schnell zum Schweigen gebracht. Waren das die ersten Anzeichen einer Schizophrenie?

Marie verschwand schnell in ihre Wohnung und machte sich erst einmal einen Tee. Während ihr der heiße Dampf ins Gesicht stieg, betrachtete sie noch einmal das Bild, das sie von dem Wagen beim Supermarkt geknipst hatte. Sie zoomte hinein, bis sie den Rückspiegel erkennen konnte, an dem etwas baumelte. Dann schloss sie die App und legte das Handy zur Seite.

11

Am Montagabend, als sie nach Hause ging, fiel ihr eine junge Frau auf, die ihr merkwürdig vertraut vorkam. Marie hatte sie zufällig gesehen, als sie sich umgedreht hatte, und die andere hatte sich blitzschnell gebückt, um sich die Schuhe zuzubinden.

Marie ging weiter, während sie überlegte, woher sie die Frau kannte. Der Kontakt zu ihren Nachbarn war sporadisch, es könnte also sein, dass sie die Frau mit dem kurzen braunen Haaren schon einmal in ihrer Straße gesehen hatte. Oder ...

Ihr fiel ein, wer diese Frau war. Sie wirbelte auf dem Absatz herum, um die junge Mutter aus Hunnshagen zur Rede zu stellen. Doch diese musste den Braten gerochen haben und war in einer der Seitenstraßen verschwunden.

Du bildest dir das ein ...

Hatte sie nicht irgendwo einmal gelesen, dass Schizophrenie vererbbar war? Wenn sie zur Polizei ging, ihre Geschichte erzählte und ihre „Beweise" vorzeigte, würden die Beamten genau dies behaupten. Es würde sie nicht wundern, wenn sie sie nicht gleich in die Psychiatrie fuhren.

Auf dem restlichen Nachhauseweg drehte sie sich immer wieder um, aber niemand schien ihr zu folgen.

Sie setzte sich an ihren Computer und versuchte herauszufinden, wie man am besten gegen diese Art von Stalking vorging. Doch alles, was sie fand, waren Foreneinträge wie:

Sie folgen mir

Ich bin vor fünf Jahren in ein winziges Dorf gezogen, weil ich meinen Verfolgern entkommen wollte. Aber sie scheinen mich gefunden zu haben, denn in letzter Zeit stehen Autos vor meiner Einfahrt, die erst nach ein oder zwei Stunden wegfahren. Und wenn ich telefoniere, höre ich manchmal ein Klicken in der Leitung.

Gefolgt von Antworten wie:

Geh mal zum Arzt.

Natürlich gab es auch welche, die versuchten den Threaderstelller ernst zu nehmen. Aber selbst in solchen Fällen spürte man unterschwellig, dass es auch diesen Leuten darum ging zu beweisen, dass es keinen wirklichen Grund für die Verfolgung gab und man schlichtweg am Rad drehte.

Marie bezweifelte, dass ihr eigener Foreneintrag anders aufgenommen werden würde, daher ließ sie es. Sie stand auf, um sich die Beine zu vertreten und landete in der Küche, wo sie aus dem Fenster schaute. Kein auffälliges Fahrzeug in Sicht oder jemand, der in der Straße herumlungerte.

Zweifel an ihrer Wahrnehmung krochen wieder in ihr hoch.

Menschen sahen sich oft furchtbar ähnlich. Die Mutter aus Hunnshagen hatte sie nur flüchtig gesehen. Könnte es nicht sein, dass sie heute eine andere Frau mit kurzen Haaren gesehen hatte?

Marie setzte sich zurück an den Rechner und suchte online nach kleinen günstigen Kameras.

12

Nach ein paar Tagen verflog das Gefühl der Unruhe.

Sie ging wie gewohnt von der Arbeit nach Hause, wobei sie hin und wieder um zertretene Hundehaufen einen Bogen machte. Oder war es nur matschiges Laub? So einfach war das nicht zu unterscheiden.

Ihre Schonfrist auf der Arbeit war endgültig vorbei und ihr Chef müllte sie wie gewohnt mit Aufgaben zu, was oft in Überstunden resultierte.

Zum Glück war jetzt Freitag und damit Wochenende. Zwei viel zu kurze Tage, bevor er sie wieder nerven konnte.

Ein Abendessen aus Fischstäbchen und Kartoffelpüree war ihr letztes Mahl für heute, weil sie keinen großen Hunger verspürte. Was immer der Fall war, wenn sie müde war.

Sie ging danach direkt ins Bett. Den Abwasch konnte sie sich für morgen aufheben.

13

Sie schreckte aus tiefstem Schlaf auf. Benommen blieb sie in der Dunkelheit liegen, während sie sich fragte, was los war.

Ihr linker Arm brannte und sie rieb sich über diese Stelle. Hatte eine Mücke sie gestochen? Sie fühlte eine Schwellung, aber das Jucken blieb aus.

Die Müdigkeit steckte ihr immer noch wie Blei in den Knochen. Jede kleinste Bewegung war ein Kraftakt. Schon bald sank ihre Hand, mit der sie über die Einstichstelle gerieben hatte, schlaff herunter.

Unter ihr hörte sie plötzlich ein schabendes Geräusch, so als ob ein schwerer Sack über den Fußboden geschleift wurde.

Sie lag mit aufgerissenen Augen da und lauschte. Jedoch nicht für lange. Das Aufhalten der Lider wurde unmöglich und sie glitt davon.

14

Als sie aufwachte, war es immer noch dunkel.

Sie lag definitiv nicht mehr in ihrem Bett. Bröselige, feuchte Erde klebte an ihrem Gesicht und der Geruch erst. Es roch wie das Innere eines Komposthaufens.

Die Vorstellung, dass sie auf Regenwürmern lag, ließ sie sich aufrichten.

Auf allen Vieren kroch sie solange vorwärts, bis sie die Wand erreichte, die ebenfalls nur Erde war. Währenddessen wurde ihr bewusst, dass sie angezogen war. Jemand hatte sich die Mühe gemacht ihr die Klamotten, die sie vor dem Zubettgehen angehabt hatte, anzuziehen, bevor er sie in dieses Loch geschmissen hatte.

Sie werden dich vergewaltigen, sagte die Stimme aus ihrem Hinterkopf, die vorher so munter alles als Paranoia abgetan hatte. Naja, „besser spät als nie" galt auch für körperlose Stimmen. Es bedeutete, dass auch der letzte Teil ihres Gehirns kapiert hatte, dass sie in Gefahr war.

Mit der Wand als Stütze brachte sie sich in eine aufrechte Position. Sie streckte ihren Arm aus, auf der Suche nach der Decke. Dieser Raum war größer, als sie gedacht hatte, wie sie bemerkte, als sie selbst auf Zehenspitzen nichts als Luft über sich erreichte.

Sie strich über die Stelle an ihrem Arm, wo sie letzte Nacht den Stich gespürt hatte. Es war noch leicht geschwollen. Etwas, was ihr von Impfungen bekannt war.

Eine Zeit lang stand sie wie gelähmt da, während ihr klar wurde, dass letzte Nacht jemand unter ihrem Bett gelauert hatte. Dort stundenlang gelegen hatte, bis er ihr eine Spritze in den Arm gejagt hatte, um sie leichter kidnappen zu können.

Sie kämpfte das Gefühl von allumfassender Hilflosigkeit herunter. Im Moment war sie wie eine Fliege an einem Leimstreifen, das hieß aber nicht, dass sie hier die ganze Zeit mit Schnappatmung herumsitzen konnte.

Wieso hatte sie diese Person nicht gesehen, als sie ins Schlafzimmer gekommen war?

Weil sie nicht damit gerechnet hatte, war die Antwort, zu der sie kam.

Mittlerweile hatten sie ihre Augen an die Dunkelheit gewöhnt und sie konnte einen schwachen Lichtschein über sich erkennen. Das musste die Bodenluke sein, durch die sie hier hineinverfrachtet worden war. Die leichten Lichtstreifen schienen relativ nah über ihr zu sein – mehr als zwei Meter waren es aber auf jeden Fall.

Sie überwand ihren inneren Ekel und begann Erde vom Rand mit bloßen Händen (sie hatte nichts dabei, weil ihre Hosentaschen ausgeleert worden waren) in die Mitte des Raumes zu schaufeln. Falls sie Steine fand, tastete sie sie sorgfältig ab, und legte sie beiseite, wenn sie scharfe Kanten besaßen. Ob sie sie als Waffen oder Werkzeuge benutzen wollte, war ihr selbst noch nicht ganz klar. Daher kam jeder handgroße Stein in Frage, von denen sie einige fand.

„Hi ho, hi ho, wir sind vergnügt und froh", murmelte sie tonlos vor sich hin, während sie ihre Finger in die kalte Erde grub.

Überwiegend arbeitete sie auf den Knien und wechselte ab und zu in die Hocke. Als beide Stellungen unerträglich wurden, stand sie auf und ging zu ihrem Erdhaufen. Dieser war nicht gerade beeindruckend, wie sie enttäuscht feststellte.

Sie schob den Aushub zusammen und trat ihn dann fest, nachdem sie hunderte Male überprüft hatte, ob sie sich auch wirklich direkt unter der Luke befand. Die Erde, die zu den Seiten weggedrückt wurde, häufte sie oben auf und trat sie erneut fest. Auf diese Weise erhielt sie ein circa fünf Zentimeter hohes Plateau.

„Noch zehn Jahre und ich komm hier raus."

Marie schlurfte zur Wand und setzte ihre Arbeit fort. Sie konnte die Dreckschicht unter ihren Fingernägeln spüren und war froh, dass sie nie auf die Idee gekommen war, sich diese langen Acrylnägel anzukleben, die manche Frauen im Büro trugen.

„Obwohl, ich könnte sie jetzt wie kleine Schaufelbagger benutzen."

Ihre Fingerspitzen waren bereits taub, da der Boden nach einer relativ lockeren Schicht fester und steiniger wurde. Sie tröstete sich damit, dass sie den Hügel schneller wachsen lassen würden.

In die Stille hinein knurrte ihr Magen. Den Durst hatte sie bislang noch gut ignorieren können, aber die Kombination aus beidem ließ sie fragen, wie lange sie es aushalten konnte, bis ihr ihre eigenen Ausscheidungen wie ein Menü mit drei Gängen vorkommen würden.

„Wohl eher ein Gang, nämlich Stuhlgang."

Marie lachte kurz über ihren eigenen Witz. Es war ein Gackern, wie man es von einer Hexe erwarten würde.

15

„Ich hätte auf dich hören sollen", sagte Marie irgendwann.

Sie war gerade dabei, ihre Plattform zu verfestigen, die einem stumpfen Kegel glich und auf fünfzehn Zentimeter Höhe angewachsen war.

Noch ein paar Mal andrücken, dann stieg sie darauf und hob den rechten Arm. Ihre Fingerspitzen berührten Holz.

„Gut, gut, gut", murmelte sie mit trockener Kehle.

Sie strich den Rahmen entlang und die Spitzen von Schrauben pikten sie in die Fingerkuppen. Alles war von außen angebracht. Hätte sie sich auch denken können. Würde sie mit einem Stein in der Lage sein, die Luke aufzuhebeln?

Marie stieg von ihrem Haufen und setzte sich daneben.

Mit einem großen Stein als Hammer könnte sie die anderen als Keile in die Lücke zwischen dem Türchen und dem Rahmen schlagen und hoffentlich würde das reichen, um das Schloss aufzubrechen. Soweit sie hören konnte, trieb sich niemand oben herum, also würde man sie nicht hören.

Dieser Plan war besser als nichts. Sie stand auf und suchte ihre Steinsammlung. Dann nahm sie jeden in die Hand und steckte sich den dicksten in die rechte Hosentasche. Keilförmige oder flache wanderten in die linke. Nachdem sie ihre Tasche prall gefüllt hatte, stieg sie auf den Hügel und begann den ersten Stein in den Spalt zu klopfen.

Sie lauschte nach den ersten zwei Schlägen. Als keine Reaktion kam, wurde sie mutiger und schlug härter zu. Das laute *Klack, Klack,* das sie dabei verursachte, tat ihr in den Ohren weh. Doch schließlich gewöhnte sie sich daran. Sie arbeitete mit gesenkten Kopf, um ihre Augen vor dem herunterrieselndem Dreck zu schützen, und verließ sich auf ihren Tastsinn.

Nach drei Steinen musste sie die Arme senken, damit das Blut zurückströmen konnte. Sie schüttelte ihre baumelnden Arme, als ob dies den Prozess beschleunigen würde. Ihr Magen knurrte, diesmal klang er wütender, als ob er sie darauf hinweisen wollte, dass sie gefälligst keine Kalorien verschwenden sollte.

Für einen Moment wurde ihr schwindelig und ihr Körper neigte sich ein wenig nach vorne. Ob ihr dabei schwarz vor Augen wurde, konnte sie nicht so recht beurteilen. Sekundenlang schwankte sie hin und her wie ein Pendel, bevor sie sich wieder fing und weitermachen konnte.

16

Sie schlug gerade den fünften Stein hinein und glaubte einen Spalt Licht zu sehen, als sie das Geräusch einer Tür hörte, die aufgerissen wurde.

Marie verzog sich so schnell wie möglich in eine Ecke ihres Loches, sofern man von Ecken reden konnte. Der Raum erinnerte mehr an ein Oval.

Die Bodentür wurde geöffnet und sie musste die Augen zusammenkneifen.

„Was ist das denn für ein Scheiß!", rief ein Mann.

Ihre Steine landeten dumpf auf dem Boden. Durch ihre halb geöffneten Augen sah sie, wie ein großer Sack an Stricken hinuntergelassen wurde. Sie schmissen die Seilenden hinterher und verschlossen die Öffnung.

Marie horchte, ob etwas Lebendiges bei ihr zurückgelassen wurde. Weil sie nichts hörte, befürchtete sie, dass man eine Leiche heruntergeworfen hatte. Auf Händen und Knien näherte sie sich langsam dem Sack.

Ihre ausgestreckte Hand stieß schließlich gegen grobes Leinen, wie man es von Kartoffelsäcken kannte. Darunter spürte sie etwas Festes, was sich nach weiterem Abtasten als einen Menschen herausstellte. Der Mangel an Brüsten ließ sie vermuten, dass es sich um einen Mann handelte.

Sie hielt ihre Hand für einige Zeit auf den Brustkorb und konnte ein Heben und Senken fühlen. Also keine Leiche.

Nachdem sie den kompletten Sack abgesucht hatte, fand sie zum Schluss die Öffnung. Da sie nichts sah, brauchte sie eine Ewigkeit um die Verschnürung zu lösen. Vielleicht lag es auch daran, dass ihre Finger durch das Graben zerschunden waren und sie Mühe hatte, den Knoten zu erfassen.

Der Mann rührte sich währenddessen nicht. Vermutlich hatten sie ihn genauso wie sie sediert.

Marie setzte sich hin und wartete. Der Typ lag auf ihrer Plattform und sie hatte nicht mehr genug Kraft in den Armen, um ihn wegzuzerren und noch einmal von vorne anzufangen.

Irgendwann legte sie sich hin und schlief ein.

17

Sie wurde unsanft geweckt, als ein dreckiger Finger ihre Nase berührte und anschließend über ihre Wange streifte.

Marie griff danach, wobei sie die eigentliche Hand verfehlte und stattdessen gegen seinen Arm schlug. Sie waren wie zwei ertrinkende Blinde, die Halt beieinander suchten.

„Wer ist da?", fragte er.

Seine Stimme klang jung und verwirrt.

Marie räusperte sich, um den pelzigen Geschmack aus ihrem Mund loszuwerden.

„Marie", antwortete sie. „Wie heißt du?"

„Anton."

„Du bist nicht zufällig in Hunnshagen aufgewachsen, oder?", krächzte Marie.

Anton schwieg zunächst, dann sagte er verbittert: „Hat mein Vater dich auch erwischt … Keiner kann ihm entkommen."

„Wer ist dein Vater?"

Marie dachte an einen der Männer, die sie gejagt hatten.

„Günther Arndt. Erinnerst du dich nicht mehr?"

„Nein."

„Wirklich nicht? Auch nicht an Max oder Klara?"

„Nein. Alles ist weg."

„Komisch."

Anton stieß einen leisen Schmerzlaut aus. Dem Geräusch nach zu urteilen, schmiss er einen von Maries Steinen weg.

„Wie haben sie dich gefunden?", fragte er.

„Ich bin hergefahren. Ich hatte gehofft, dass mir etwas aus meiner Vergangenheit einfallen würde."

„Du erinnerst dich wirklich an gar nichts mehr?"

„Nein."

„Das ganze Dorf gehört zu einer Sekte, die alle auf meinen Vater hören. Deswegen bin ich abgehauen, als ich vierzehn war."

Marie wusste nicht, was sie dazu sagen sollte.

„Sie stecken einen in dieses Loch, bis man so hungrig ist, dass man nach Regenwürmern gräbt. Sie holen dich aber vorher raus. Falls du Angst hast, dass sie einen verhungern lassen."

„Wie haben sie dich gefunden?"

„Gute Frage. Ich weiß es nicht. Sie müssen mir die ganze Zeit gefolgt sein, ohne dass ich es gemerkt habe. Keine Ahnung wie sie das gemacht haben."

Sie sah ihn mit hochgezogenen Augenbrauen an, bis ihr einfiel, dass er das nicht sehen konnte.

„Was meinst du damit?"

Ihre Frage wurde zunächst mit Schweigen beantwortet.

„Ich bin oft umgezogen", antwortete er mit einer zögerlichen Stimme, die sie sofort vermuten ließ, dass er ihr nicht die ganze Wahrheit erzählte. Überhaupt war seine gesamte Art zu sprechen komisch - stockend und stellenweise undeutlich. Es klang nicht wie ein Sprachfehler, sondern eher, als ob er es nicht gewohnt war zu sprechen.

„Bist du oft hier unten eingesperrt worden?", fragte sie.

„Für jeden noch so kleinen Scheiß. Wenn ich ihm widersprochen habe, wenn ich meine Hausaufgaben nicht gemacht habe und einmal, weil ich mein Abendessen nicht aufessen wollte."

„Ist das normal?"

„Sie nennen es Fastenzellen. Manche gehen freiwillig hier rein, wenn sie sündige Gedanken haben, um ihre Seele zu läutern."

„Ist das eine christliche Sekte?"

„Alle faseln von Gott, aber ich habe keine einzige Bibel zu Gesicht bekommen. Alles, was ich über unsere Religion weiß, habe ich mündlich über meinen Vater erfahren. Das, was er mir erzählte, hat er dann später auch in der Messe den anderen gesagt."

„Und was war das?" *Keine Menschenopfer, hoffe ich.*

„So genau weiß ich das nicht mehr. Er hat ständig von Sünde gesprochen und es gab so viele Regeln, gegen die man verstoßen konnte. Kein Fleisch am Sonntag oder Röcke müssen bis zu den Knöcheln gehen."

Sie hörte, wie er näher an sie herangerutscht kam.

„Nach der Predigt kamen die Erwachsenen nach vorne und haben ihre Sünden gebeichtet … Und dann haben sie sich gegenseitig mit einem Stock geschlagen, bis mein Vater Stopp gesagt hat."

„Wer tut sich das freiwillig an?"

„Was weiß ich, die haben hier alle einen Sprung in der Schüssel."

„Bist du der einzige, der weggelaufen ist?"

„Nein. Viele sind aber zurückgekommen."

„Freiwillig?"

„Es ist schwer, draußen allein zurechtzukommen. Du hattest wenigstens deine Mutter."

Ihr fiel ein, dass sie jetzt jemanden vor sich hatte, der ihr ehrlichere Antworten auf ihre Fragen geben würde als Herr

Arndt. Wenn sie schon hier festsaß, konnte sie wenigstens dafür sorgen, dass es sich lohnte.

„Nachdem mein Vater gestorben ist - was ist passiert?", fragte sie.

„Hm ... Eigentlich wurde nicht darüber geredet. Hinter vorgehaltener Hand natürlich schon, aber sonst nicht. Das ist komisch. Mein Vater hat viel über Respekt und dass das unnötige Nehmen von Leben eine Todsünde ist geredet. Trotzdem hat er euch einfach gehen lassen."

„Wo habt ihr meinen Vater begraben?"

„Es gibt einen kleinen Friedhof am Dorfrand, wo alle beerdigt werden. Ich glaube, er liegt irgendwo ganz weit hinten."

„Klingt so, als ob er nicht gerade beliebt war."

„Ich kann mich erinnern, dass er und mein Vater sich oft getroffen haben. Kann sein, dass sie sich irgendwann gestritten haben ... Weißt du, ich würde es meinem Vater zutrauen, dass er deiner Mutter befohlen hat, es zu tun. Und dass er euch dann weggeschickt hat, damit es nicht herauskommt."

„Daran habe ich noch nicht gedacht."

„Wenn du mit ihm aufgewachsen wärst, würdest du ihm auch so einiges zutrauen." Seine Stimme triefte voller Verachtung. „Er hat mir mal den Arm gebrochen, weil ich an ihm vorbei gerannt bin anstatt zu gehen. Einfach zugepackt und gedreht."

Marie zuckte zusammen. Wunderbar. Jemand, der nicht vor körperlicher Gewalt zurückschreckte. Sie sollte sich jeglichen Fluchtversuch genau überlegen, bevor man ihr die Beine brach.

„Wie bist du entkommen?", fragte sie.

„Ich hab nachts meine Sachen gepackt und bin raus. Aber anscheinend hat das nicht so ganz funktioniert."

„Warum, meinst du, haben sie dich ausgerechnet jetzt zurückgebracht?"

„Vielleicht braucht mein Vater einen Prügelknaben? Ich weiß es nicht, sie haben mir nichts gesagt."

Menschenopfer, ging ihr wieder durch den Kopf.

Antons Hand berührte ihr Knie.

„Versprich mir, dass du mich nicht zurücklässt, okay? Ich will hier nicht sterben."

Die Angst, die bei diesen Worten mitschwang, ließ ihn wie ein kleines Kind klingen.

Marie nahm seine Hand und drückte sie leicht (zu mehr war sie nicht imstande).

Jeder war sich selbst der nächste. Was er von ihr verlangte, bedeutete, dass sie ihre eigene Chance auf Flucht schmälerte, wenn sie sich auch noch Gedanken um ihn machen müsste.

„Wenn du mir versprichst, dass du dasselbe für mich tust", hörte sie sich sagen.

Es war nicht unbedingt eine Lüge. Wenn die Gelegenheit bestand, dass sie beide entkommen konnten, würde sie ihn nicht zurücklassen. Aber wenn es hart auf hart kam, glaubte sie, dass auch er nur seine eigene Haut retten würde.

„Versprochen", antwortete er.

Anton verkündete, dass er sich nicht mehr wach halten könne. Eine mögliche Nebenwirkung des Mittels, dass man ihm gespritzt hatte, um ihn ruhig zu stellen.

Sie hörte, wie seine Atmung langsamer wurde und legte sich dann ebenfalls hin. Nicht direkt neben ihn, weil ihr das komisch vorkam, jedoch in Griffweite. Der Rhythmus, in dem er ein- und ausatmete, lullte sie ein.

18

Jemand riss grob an ihrem Arm. Sie wurde auf die Füße gezerrt, unter die Arme gegriffen und nach oben befördert.

Noch total verschlafen und desorientiert brachte man sie in einen Raum und lud sie auf dem Bett ab.

Marie konnte gerade noch den Rücken eines breitschultrigen, bulligen Mannes sehen, der die Tür hinter sich zuschlug, bevor sie allein zurückblieb.

Anscheinend hatte man sie auch gleich in ein anderes Jahrhundert verfrachtet. Der fensterlose Raum wurde durch eine Sturmlaterne beleuchtet und das Mobiliar, ein Stuhl und das Bett, wirkte selbstgebaut. Sie beugte sich nach vorne und sah, dass unter dem Bett eine Nachtschüssel stand, bei deren Anblick sie sofort Harndrang verspürte.

Sie hob den Kopf und sah in dem Spalt zwischen Türblatt und Schwelle den Umriss von Schuhen. So allein war sie doch nicht. Der Gedanke, ihr Geschäft mit einem Publikum zu erledigen, sorgte dafür, dass sie nicht mehr pinkeln musste. Ihr war klar, dass sie irgendwann so dringend musste, dass es ihr egal wurde, wer ihr zuhörte, aber jetzt noch nicht.

Maries Magen, der nichts Neues zur Debatte beizutragen hatte, meldete sich wieder zu Wort. Sie hatte jetzt seit wie vielen Stunden nichts gegessen?

Wurde sie bereits vermisst? Man hatte sie am Freitagabend entführt. Ein ganzes Wochenende, an dem niemand merken würde, dass sie fehlte. Was war heute? Samstag oder schon Sonntag?

Sie strich über ihre trockenen, rissigen Lippen und zuckte zusammen, als die Tür geöffnet wurde.

Herr Arndt betrat zusammen mit zwei weiteren Männern das Zimmer. Er lächelte, aber seine Augen sahen sie abschätzend an. Er setzte sich auf den Stuhl.

Marie schwang die Beine aufs Bett, weil ihr die zwanzig Zentimeter Abstand zwischen ihren beiden Paar Knien zu gering war. Es war eine Reaktion auf den Ekel und die Angst, die sie für diesen Mann empfand.

Arndt erweckte den Eindruck, als ob er wollte, dass sie anfing zu sprechen. Diesen Gefallen würde sie ihm nicht tun. Auch wenn sie praktisch seine Gefangene war, hieß das noch lange nicht, dass sie sich so verhalten musste.

„Es besteht kein Grund, Angst vor uns zu haben", erklärte er ihr. Ihre Körpersprache hätte auch keine andere Interpretation zugelassen.

„Dann lass mich gehen", forderte sie.

Arndt setzte ein bedauerndes Gesicht auf.

„Das können wir nicht. Du bist Teil unserer Gemeinde und wir lassen niemanden im Stich."

Er faltete die Hände über seinem Bäuchlein und setzte sich etwas breitbeiniger hin.

„Deine Mutter hat deinen Vater hinterrücks ermordet und dich dann aus deinem vertrauten Umfeld gerissen. Das hat dich traumatisiert."

„Ich glaube, in ein Erdloch gesteckt zu werden, hat mich mehr traumatisiert."

Marie sah am Rande ihres Gesichtsfelds wie einer der Männer, der nicht-dicke, sich rührte. Sie sah kurz zu ihm, was mit einem verärgertem Blick erwidert wurde.

„Unsere Fastenzellen sind keine Folter", sagte Arndt wie ein ungeduldiger Lehrer. „Sie dienen der inneren Erleuchtung. Wir haben gehofft, dass du dich daran erinnern würdest, wohin du gehörst." Er seufzte. „Außenstehende sehen nicht, wie ihr

Verstand täglich vergiftet wird mit Botschaften über einen falschen Lebensstil. Dieses Zuviel an Allem ... alles muss in Übermaßen konsumiert werden, bis die Seele daran erstickt. Dein Verstand ist genauso vergiftet und das Fasten, der Verzicht auf Konsum, wird dich von diesem Leiden befreien."

„Und was, wenn ich nicht will?"

„Das ist dein vergifteter Verstand, der da spricht. Du bist jetzt eine Süchtige, die ihre Sucht verteidigt, aber wenn du geheilt bist, wirst du uns danken."

Sie sah schon, bei dieser Argumentation hatte sie keine Chance. Er behandelte sie wie eine Verrückte in der Psychiatrie, die ständig behauptete, nicht dort hinzugehören. Sollte sie sich einfach fügen, in der Hoffnung, dass sie irgendwann fliehen konnte? Auch das würden sie wahrscheinlich vermuten, jedoch fiel ihr zurzeit nichts Besseres ein. Abgesehen von der Möglichkeit, bei jeder Gelegenheit Widerstand zu leisten und gefügig geprügelt zu werden.

„Wie lange wird das ‚Entgiften' Ihrer Meinung nach dauern?", fragte sie.

Die Worte blieben ihr fast im Hals stecken.

„Das hängt ganz davon ab, wie schlimm du korrumpiert wurdest. Hast du mit einem Mann gelegen?"

Marie stieg die Hitze ins Gesicht. Er konnte unmöglich das meinen, was sie dachte, was er mit dieser Frage meinte. Andererseits, was sollte er sonst mit dieser Frage meinen? Dies hier wäre nicht die erste Sekte, die Sex abstoßend und gleichzeitig zum Hauptthema machte.

„Nein, natürlich nicht", stotterte sie. „Meine Mutter hat mir immer gesagt, dass das nur schmutzige Mädchen machen."

Es entsprach nicht ganz der Wahrheit.

Ihre Mutter hatte sich manchmal abfällig über mehrfach oder unverheiratete Frauen geäußert. Marie hatte das nie verinnerlicht, sondern als weiterer Teil ihrer verschrobenen Persönlichkeit akzeptiert. Im zarten Alter von zweiundzwanzig Jahren hatte sie schließlich eine zweijährige Beziehung mit einem Mann begonnen, den sie in einem Italienisch-Kurs an der Volkshochschule kennengelernt hatte. Selbstverständlich hatten sie auch miteinander geschlafen. Sie hatte nicht einmal ihrer Mutter davon erzählt und Arndt würde sie das garantiert nicht auf die Nase binden. Schon gar nicht in diesem Kontext. Sie wollte nicht am eigenen Leibe spüren, was „Mann" mit „lockeren Mädchen" hier anstellte.

Arndt wirkte positiv überrascht.

„Also hat sie nicht alle unsere Lehren über Bord geworfen. Nun, ich schätze, dass sie sich selbst schon in der Hölle wusste und dir dieses Schicksal ersparen wollte."

„Stimmt das mit der Schizophrenie? Oder haben Sie mich damals angelogen?"

Er riss in seiner überdramatischen Art die Augen weit auf.

„Ich lüge nicht", sagte er schroff.

„Aber wenn sie psychisch krank war, wie kann sie für ihre Taten verantwortlich sein?"

Für einen klitzekleinen Moment wirkte er in die Ecke gedrängt. Das Lächeln, das permanent seine Lippen zu umspielen schien, verblasste und kam dann mit voller Leuchtkraft zurück.

„Weißt du", begann er, „deine Mutter muss Kontakt zu einem Inkubus gehabt und ihn ins Ehebett eingeladen haben. Während er seinen Samen in sie gepflanzt hat, muss er ihr all diese schrecklichen Dinge ins Ohr geflüstert haben. Sie dachte bestimmt, dass sie für immer zusammen sein können, wenn sie ihren Mann verrät."

Wäre ihr Magen nicht leer, ihr wäre die Kotze gekommen. Langsam fragte sie sich, ob Arndt wirklich Psychiater war, wie er es ihr erzählt hatte, oder ob er diese bizarren Ideen schon während des Studiums hatte und es niemanden aufgefallen war. Dachte er ernsthaft, er würde Leuten helfen, indem er ihnen einen solchen Mist erzählte?

Auf jeden Fall hielt sie die Klappe. Ihr Magen hatte da eine andere Idee.

Das Knurren ließ Arndt auflachen.

„Eine dünne Suppe sollte in Ordnung gehen", sagte er, während er sich erhob.

Er ging, wobei Marie einen kurzen Blick auf ihren Bewacher erhaschen konnte, bevor die Tür wieder geschlossen wurde. Der davor postierte kräftig gebaute Mann sah sie kalt an, so als ob er nur darauf wartete, dass Marie versuchen würde, durch den Spalt zu entfleuchen wie ein laues Lüftchen. Sie hielten solange Blickkontakt, bis die Tür ins Schloss fiel.

Marie legte sich hin, weil ihr schummrig wurde. Eine der Metallfedern in der Matratze stach ihr in die Seite und sie rückte weg davon. Durch den Stoff des Bettlakens sah sie eine Metallspitze lugen. Eine Waffe, dachte sie. Sie drückte das umliegende Material mit beiden Händen hinunter und ein oder zwei Zentimeter mehr kamen zum Vorschein.

Sie konnte nicht alles verstecken, aber ein Stück, das lang genug war, um damit zustechen zu können.

Während sie mit der linken Hand weiter die Matratze herunterdrückte, packte sie mit der anderen den Draht. Wenn sie die Spirale nach und nach gerade bog, könnte sie mehr herausdrücken.

„Scheiße."

Marie schüttelte ihre Hand. Sie war abgerutscht und hatte sich in den Zeigefinger gestochen. Frustriert steckte sie sich die blutende Fingerkuppe in den Mund. Die Feder, die drei oder vier Millimeter dick war, hatte sich kein Stück verbogen, sondern versank schamlos wieder in den Tiefen der Matratzen-füllung, als sie ihre Hände wegnahm.

Als sie dabei war, eine Ecke der Bettdecke um das Federn-ende zu wickeln, hörte sie Schritte und legte sich schnell hin. Ihr fiel auf, dass man das Metall sehen konnte, und sie zog die Bettdecke darüber, bevor die Tür aufging.

Ihr Bewacher brachte ihr eine Schüssel mit Suppe. Er hielt sie ihr hin, während er sie mit seinem wettergegerbten ausdruckslosen Gesicht anstarrte. Sie schätzte ihn auf vierzig oder fünfzig und er roch schwach nach Schweinescheiße, was von den verdreckten Gummistiefeln kommen könnte, die er trug.

„Danke."

Sie nahm ihm das Essen ab.

Der Mann rührte sich nicht.

Marie sah ihn fragend an.

„Iss!", forderte er.

Offenbar wollte er sie nicht allein lassen. Hatten sie Angst, dass sie die Schüssel zerbrechen und sich mit den Scherben die Pulsadern aufschlitzen würde?

Es lag kein Löffel bei, daher trank sie die Schüssel leer, so schnell sie konnte ohne sich übergeben zu müssen. Währenddessen ließ er sie nicht aus den Augen.

Sie gab ihm das leere Gefäß zurück und er zog wortlos ab.

19

Wieder einmal wurde unsanft an ihr herumgezerrt.

Sie murmelte verschlafen: „Es ist noch nicht Zeit für die Schule, Mama", während die Männer sie hochhoben und forttrugen.

Sie wurde über den Gang getragen, an dessen Ende sich die Tür zum Schuppen befand. Marie blieb passiv in den Armen des Mannes, der sie hielt, als sie erkannte, dass man sie zurück ins Erdloch (oder die Fastenzelle wie Arndt sie euphemistisch genannt hatte) stecken wollte.

Auf einen Kampf gegen drei Männer hätte sie sich selbst in Bestform nicht eingelassen, also stieg sie bereitwillig an einer Strickleiter, die für sie festgehalten wurde, hinab in die Tiefe. Sobald sie unten angekommen war, wurde die Leiter hochgezogen und die Luke verschlossen.

Sie hockte sich hin und strich mit der Hand den Boden ab.

Entweder war dies hier eine andere Zelle oder sie hatten ihren kleinen Mount Everest dem Erdboden gleichgemacht.

„Anton?", rief sie.

Niemand antwortete und sie konnte spüren, dass sie allein war. Was hatten sie mit ihm gemacht? Irgendwie konnte sie nicht glauben, dass Herr Arndt froh war, seinen verlorenen Sohn wiederzuhaben. Vermutlich hatten sie Anton nur solange bei ihr zwischengelagert, bis sie entschieden hatten, wie sie ihn bestrafen sollten. Seine Erzählung von den Gottesdiensten, in denen Menschen mit Stöcken geschlagen wurden, kamen ihr wieder in den Sinn.

Wie konnte sie sich nicht daran erinnern? Hatte sie es so mitgenommen, dass sie das alles verdrängt hatte? Zumindest in Träumen hätte sie Bruchstücke sehen müssen, oder?

„Du hättest auch einfach konkret sagen können, warum ich nicht zurück sollte", sagte sie laut. „Du mit deinen bescheuerten Andeutungen."

Sie erinnerte sich an den Tag, als sie ihre Mutter gefragt hatte, ob sie Bilder von ihrem Vater haben könnte. Sie war sechzehn gewesen und hatte gerade einen rebellischen Tag gehabt. Zwar hatte ihre Mutter ihr nie ausdrücklich verboten über ihren Vater zu reden, allerdings hatte sie Marie nie das Gefühl gegeben, dass es erwünscht war. An jenem Tag war Marie bereit gewesen, sich notfalls mit ihr zu streiten. Etwas, was sie sonst vermieden hatte, weil ihre Mutter schnell anfing zu weinen und sie ihr dann leid tat.

Also hatte sie nach Bildern gefragt, weil sie sehen wollte, ob ihr Vater aussah wie ein Frauenschläger oder wie jemand, der den Tod verdient hatte. Was auch immer das bedeutete. Sie hatte nie viel aus ihrer Mutter herausgekriegt und wenigstens diesen Teil des Geheimnisses wollte sie lüften.

Wir mussten alles zurücklassen, hatte sie geantwortet.

Warum?

Weil sie uns gefolgt wären.

Damals hatte sie es als Paranoia abgetan, heute wusste sie es besser.

Aber hätte sich diese Frau nicht einmal in ihrem Leben klarer ausdrücken können?

Sie ließ das Gespräch mit Arndt noch einmal gedanklich Revue passieren. Das, was er über ihre Mutter sagte, passte nicht zu dem, was sie in ihren Tagebüchern geschrieben hatte. Er hatte Marie suggeriert, dass sie Teil dieser Sekte gewesen war. Hätte sie dann nicht ein einziges Mal etwas in der Richtung aufgeschrieben? Über die Gottesdienste oder dass sie Frau Arndt kannte oder dass ihr Mann mit Herrn Arndt engeren Kontakt hatte, wenn man Anton glauben wollte. Ihre Mutter klang eher wie jemand, der neu dazu gezogen war und keinen richtigen Anschluss gefunden hatte.

Das passte doch! Ihr Vater hatte es ihr verschwiegen, weil sie wie jeder andere Normalo schreiend davongelaufen wäre.

Weil sie keine engen Kontakte zu anderen Normalen hatte, hatte er sich wahrscheinlich gedacht, dass man sie besonders gut manipulieren konnte. Teilweise schienen sie auch ähnliche Werte und Moralvorstellungen gehabt zu haben, ansonsten hätten sie sich kaum auf einander eingelassen. Er hatte bestimmt gewartet, bis sie ihm hörig genug war, um sie vollständig in die Sekte einzugliedern.

Es wunderte sie nicht, dass Arndt sie anlog. Er dachte sicherlich, dass Marie leichter einknicken würde, wenn er ihr einreden konnte, dass das hier gute alte Familientradition war.

Wie lange würde sie durchhalten? Ohne richtiges Essen war ihr Hirn bald Mus und sie würde zu allem ja und amen sagen, nur um mal wieder satt werden zu können. Sie war nun mal kein indischer Fakir, der den Hunger wegmeditieren konnte.

Sie grub die Finger in die Erde.

„Ich sollte mir einen Vorrat anlegen – für schlechte Tage."

Gab es in dieser Tiefe überhaupt Würmer?

Sie legte sich hin und presste ein Ohr auf den Boden. Dabei grinste sie wie ein kleines Kind. Es war albern, aber hier unten konnte sie ja keiner sehen.

Alles, was sie hörte, war ihr eigener Herzschlag, zu dem sie einschlief.

20

Marie saß mit einem blassen dünnen Jungen in ihrem Zimmer und spielte mit ihren Puppen. Der Junge sah ihr nur zu ohne sich zu beteiligen. Woraufhin sie ihm ihre Lieblingspuppe, eine von ihrer Mutter genähte, hinhielt.

Der Junge nahm sie und hielt sie nachdenklich in den Händen, als ob er nicht wüsste, was er mit ihr anfangen sollte. Prüfend zog er an ihren Haaren, die aus dutzenden bunten dünnen Stoffstreifen bestanden, und an ihrem einfachen Kleid, das aus einem langen rechteckigen Stück Stoff bestand, das ihre Mutter in der Mitte gefaltet und an den Rändern zusammengenäht hatte, wobei sie Stellen für die Arme offen gelassen hatte. In der Mitte, wo der Stoff gefaltet war, hatte sie das Loch für den Kopf hineingeschnitten.

Marie dachte irgendwie, dass ihm das Kleid nicht gefiel und wollte ihm sagen, dass sie noch mehr hatte und sie Lilli, wie sie die Puppe getauft hatte, gerne umziehen können.

Anton (ihr wurde bewusst, dass sie träumte, und der Name schien ihr der richtige zu sein) setzte sich näher zu ihr.

Da ihr jetzt klar war, dass dies ein Traum war, fiel es ihr schwer, darin zu bleiben oder auch nur dem Ganzen seinen Lauf zu lassen und nicht zu versuchen, das Geschehen zu steuern.

Sie wollte ihn fragen, was sie spielen sollten. Sie schaute hoch und sah plötzlich am Türrahmen Herrn Arndt lehnen und sie vergaß, was sie sagen wollte. Angst kroch mit kalten Fingern ihre Wirbelsäule hoch und umgriff dann ihr Herz. Sein Gesicht sah irgendwie nicht richtig aus und sie merkte, dass er nicht lächelte.

Ein weiterer Mann stellte sich zu ihm, dessen Gesicht sie nur verschwommen wahrnahm. Sie wusste aber, dass dies ihr Vater war. Durch seine Anwesenheit fühlte sie sich nicht sicherer, weil sie wusste, dass er sie vor Arndt nicht beschützen würde.

21

Sie wachte mit einer vollen Blase auf. Auf allen Vieren kroch sie los, bis sie mit dem Arm die Wand fand. Um den Zustand ihrer Klamotten machte sie sich schon lange keine Sorgen mehr, daher grub sie eine kleine Mulde, hockte sich hoffentlich darüber, zog ihre Sachen aus dem Weg und ließ laufen. Das letzte Mal, dass sie irgendwo in die Büsche gepinkelt hatte, war auf einer Wanderung in der Schule gewesen. Sie wusste, dass jetzt gerade etwas pissiger Schlamm an ihre Hosenbeine spritzte. Na und? Spielte es eine Rolle, wenn man eh schon total verdreckt war?

Nachdem sie fertig war, blieb sie mit heruntergelassener Hose hocken, bis sie sich einigermaßen trocken fühlte. Sie zog sich an und ging gebückt zu ihrem alten Platz.

Dieser Traum ... Kindheitserinnerung oder Konstrukt, um die jüngsten Ereignisse zu verarbeiten? Ihre Mutter hatte erwähnt, dass sie Anton zu ihrem Geburtstag eingeladen hatte, also musste sie ihn gekannt haben. Wenn allerdings alle Spielesitzungen so abgelaufen waren, wusste sie beim besten Willen nicht, warum sie freiwillig mit ihm Zeit verbracht hatte. Es sei denn, ihre Väter hatten sie gezwungen. Falls sie gewollt hatten, dass die beiden hinterher ein Paar wurden, war der Schuss ordentlich nach hinten losgegangen.

Da sie schon mal beim Thema war: Gab es hier arrangierte Ehen? Arndt könnte beschlossen haben, dass es Zeit für seinen Sohn war, die Nachfolge anzutreten und gleich die passende Braut zu kidnappen. Und jetzt fragte sie sich, warum Arndt nicht gleich ein paar Söhne mehr in die Welt gesetzt hatte. Der Bedarf an Ersatzkindern war ja eindeutig vorhanden. Eines davon wäre ihm bestimmt nicht abgehauen und Anton hätte seine Ruhe gehabt. Das war wahrscheinlich auch der Grund, warum so viele religiöse Fanatiker aufs Kinderkriegen fixiert waren. Masse statt Klasse.

Sie legte sich auf den Rücken und starrte in die Dunkelheit.

Frau Arndt tauchte vor ihrem geistigen Auge auf. Wie sie zombiegleich in ihrem Rollstuhl vor dem Fernseher gesessen hatte. Hatte Arndt sie dort hinein geprügelt? Oder hatte sie einen Unfall gehabt, wodurch sie auch keine Kinder mehr kriegen konnte. Leider war Anton nicht mehr ihr Zellengenosse, sonst hätte sie ihn das fragen können.

Selbst wenn, warum hatte sich Arndt nicht einfach eine Zweitfrau angeschafft? War das nicht Sinn und Zweck einer Sekte – der absolute Powertrip? Vielleicht hatten auch Sektenanführer irgendwo ein Quäntchen Anstand. Oder die Gemeinde war so klein, dass nicht genug Frauen da waren und es zu einem Aufstand gekommen wäre, wenn er sich eine Extra-Muschi gegönnt hätte.

Hunnshagen hatte noch mal wie viele Einwohner? 1000? Könnten sie alle zum Kult gehören oder war es eine Gemeinde in einer Gemeinde? Sie konnte sich nicht erinnern, ob sie damals für die Befragungen zu einer Polizeidienststelle hier im Ort gefahren waren, aber sie glaubte nicht, dass die örtliche Polizei mit ihm unter einer Decke steckte. Die Jahre der anschließenden Freiheit könnten sie der Tatsache zu verdanken haben, dass Arndts Einfluss nicht so weit reichte, wie er sie gerne glauben lassen würde.

Du hattest wenigstens deine Mutter, hatte Anton gesagt.

Wie war er allein zurecht gekommen? Das häufige Umziehen kaufte sie ihm nicht ab. Hatte er auf der Straße gelebt? Er hatte ein wenig so gerochen – oder war sie das selbst?

Sie wandte den Kopf und roch an ihrer Achselhöhle. Frisch wie Morgentau roch anders.

Zwischen den ganzen Bauern würde es sowieso keinen Unterschied machen. So passte sie schon einmal geruchlich in ihr neues Zuhause. Nein, so sollte sie gar nicht erst anfangen.

Irgendwann würde jemand merken, dass sie verschwunden war.

Und wie sollen sie dich finden, Dummkopf?

Die Frage war berechtigt. Bei ihrem Glück würde die Polizei zu dem Schluss kommen, dass sie sich umgebracht hatte, weil sie ihre Mutter so sehr vermisste.

Hatte sie irgendwelche guten Fotos für die Vermisstenanzeige zurückgelassen? Es musste ja nicht gut sein, jedoch hatte sie das dumpfe Gefühl, dass sie sogar kein aktuelles Foto von sich hatte.

Mädel, du brauchst mehr Freunde.

Eine Freundin wäre schon gut. Wieso hatte sie keine? In der Schule hatte sie mit einigen Leuten abgehangen, also war sie kein totaler Außenseiter gewesen. Nach dem Abitur hatte sie sporadisch mit ihnen Telefonate geführt, wobei sie immer diejenige gewesen war, die angerufen hatte. Sie hatte Treffen vorgeschlagen, die niemals zustande gekommen waren, und irgendwann hatte sie akzeptiert, dass sie ihnen ewig hinterherlaufen würde und hatte die Kontakte einschlafen lassen. Sowieso waren sie alle fürs Studium weggezogen und auf die Fahrerei hatte sie keinen Bock gehabt, als ob irgendeiner sich je dafür revanchiert hätte.

Meine Fresse, du bist genauso wie deine Mutter.

„Und?"

Ne Sekte ist doch genau das Richtige für dich. Da können deine Freunde nicht weglaufen.

„Wenn ich mich mit einer Horde fanatischer Schweinebauern anfreunden wollte, hätte ich mich rosa angemalt. Und jetzt halt die Schnauze!"

Das war jetzt nicht ihr Ernst.

Marie riss schockiert die Augen auf. Sie hatte gerade einen Streit mit sich selbst gehabt, bei dem sie die innere Stimme wie eine reale Person behandelt hatte. Dieses Loch machte sie vollkommen verrückt.

Und der Hunger war zu einem konstanten Schmerz geworden, der ihren Magen wie ein benutztes Papiertaschentuch zusammenknüllte. War das normal, dass es sich so anfühlte? Ein Magengeschwür oder Krebs fielen ihr auch noch ein. Könnte sie sich dann von den Gottesdiensten befreien lassen, wenn sie ein ärztliches Attest vorlegte?

Nur raus aus diesem Loch, egal wie.

Der Raum der stummen Gebete

1

Anton bekam einen unbeabsichtigten Tritt in die Magengrube, als sie Marie herausholten. Er hob mühsam den Kopf und sah zu, wie sie hinaufgebracht wurde, bevor die Tür wieder geschlossen wurde.

Es war nett gewesen ein wenig Gesellschaft zu haben, dachte er, während er sich wie eine Katze zusammenrollte. Maries Anwesenheit hatte ihm etwas von der Angst genommen.

Was auch immer sein Vater mit ihr vorhatte, es war sicher nichts Angenehmes. Und ihm würde es auch nicht besser ergehen.

Er hatte geglaubt, dass er durch seine ständige Wanderschaft unauffindbar sein würde. Wie hatten sie ihn gefunden? Ihm wäre doch aufgefallen, wenn ihm dieselben Personen über dem Weg gelaufen wären.

Was war mit den Männern, die ermordet worden waren?

Anton versuchte sich an ihre Gesichter zu erinnern. So sehr er sich anstrengte, sie blieben formlose Schemen, dabei hatte doch jeder etwas Prägnantes, was einem in Erinnerung bleiben würde. Sein Gedächtnis für Menschen war gut, immerhin hatte er Marie wiedererkannt.

Hätte er jene Männer von früher gekannt, wäre er sicher nicht zu ihnen ins Auto gestiegen.

Ihm kam eine neue Idee: Die ihm folgenden Sektenmitglieder hatten sie getötet. Das war es, versicherte er sich hoffnungsvoll.

Er vermied es weiter darüber nachzudenken, weil ihm sonst die Lücken in dieser neuen Theorie aufgefallen wären.

Würde er wenigstens seine Mutter wiedersehen?

Wenn er ganz lieb fragte, würde sein Vater sich vielleicht zu so einem Akt der Barmherzigkeit hinreißen lassen.

Falls sie ihn wiedererkannte, konnte er sie um Verzeihung bitten, dass er sie mit diesem Monster allein gelassen hatte.

Oder sie war tot. Anton hatte sie nur als kranke, gebrechliche Frau kennengelernt, die im Rollstuhl saß und alles einsteckte, was ihr Ehemann verbal oder körperlich austeilte. Nachts hatte sie in der Küche gesessen und leise geweint, um den Schlaf ihres Mannes nicht zu stören. Wenn Anton aufgewacht war, war er zu ihr gegangen und hatte sie in den Arm genommen. Es waren ungestörte Momente gewesen, die zu seinen glücklichsten Kindheitserinnerungen zählten. Bis zu dem Zeitpunkt, an dem sein Vater es herausbekam und dies schleunigst unterband, indem er seiner Frau Schlafmittel gab. Sein Vater hatte für jedes seiner Probleme ein Medikament, das es lösen würde.

Wenn sie tot war ... Wozu lohnte es sich zu leben? In seiner Vorstellung wäre er eines Nachts zurückgekehrt, um sie mitzunehmen. Notfalls hätte er dafür seinen Vater getötet.

Und warum bist du nie zurück, Feigling?

Weil es immer etwas gegeben hatte. Der Zeitpunkt war nicht richtig gewesen, er war zu weit weg oder war auf dem Weg und hatte Schiss bekommen. Wie hätte er mit einer Behinderten abhauen sollen? Selbst wenn er es geschafft hätte, seinem Vater die Autoschlüssel abzunehmen ohne ihn umzubringen (Was seiner Meinung nach schon ein Ding der Unmöglichkeit war. Wenn er die Hackfresse sah, war der Drang zuzuschlagen kaum zu unterdrücken), wie hätte er mit ihr überleben sollen? Im Grunde war es da, wo seine Pläne nie aufgingen. Mit ihr hätte er eine Wohnung gebraucht und damit hätten sie festgesessen.

Kein fester Wohnsitz war offensichtlich auch keine Lösung gewesen. Er erinnerte sich, wie die fünf Männer das leerstehende Gebäude betreten hatten, in dessen Eingangsbereich er sich schlafen gelegt hatte. Zunächst hatte er sie für die üblichen Kleinstadtpolizisten gehalten, die ihn verscheuchen wollten oder ihn für einen illegalen Einwanderer hielten, da er sich nahe der Grenze befand.

Sie hatten ihm sogar ganz klassisch die Taschenlampe ins Gesicht gehalten, damit er sie nicht sehen konnte.

Er hatte den Blick gesenkt und darauf gewartet, dass sie ihn nach seinen Ausweispapieren fragten. Stattdessen hatten sie ihn gepackt und ihm einen kleinen Gruß seines Vaters gespritzt.

Und was war mit Marie los? Man konnte doch nicht alles vergessen. Hatte sie ihn etwa angelogen? Aber da konnte er ihr keinen Vorwurf machen, immerhin hatte er ihr auch nicht die ganze Wahrheit erzählt.

Sie hatten früher viel Zeit miteinander verbracht. Gerade wenn ihr Vater die Kinder des Dorfes versammelt hatte, um ihnen seinen Schwachsinn einzuimpfen, hatte sie mit großen Augen neben ihm gesessen und den Horrorgeschichten seines Vaters über die Welt dort draußen gelauscht. Sie war auch neben ihm in den Messen gewesen und hatte nach seiner

Hand gegriffen, wenn die Erwachsenen sich schlugen und vor Schmerzen schrien.

Na gut, wollte man sich an so etwas erinnern? Niemand würde das unter einer glücklichen Kindheit verstehen. Es war nur enttäuschend Teil dieses Vergessens zu sein.

Irgendetwas war an dieser Zelle ... Die Mischung aus perfekter Dunkelheit, dem feuchten mineralischen Geruch der Erde und der simplen Tatsache, dass sie ihn eine Weile in Ruhe lassen würden, machte ihn so schläfrig wie früher. Die Nächte auf der Straße und in verfallenen Bauten hatten auch dafür gesorgt, dass er sich schwer entspannen konnte. Öfters war er aufgeschreckt, weil jemand anderes gekommen war, und er sich verstecken musste, weil er sich nicht mit einem Drogensüchtigen anlegen wollte. Manchmal war es aus diesem Grund vorgekommen, dass er seinen Rucksack tagelang nicht abgesetzt hatte.

Das ständige Hungern hatte ihm draußen kaum etwas ausgemacht, weil er es von hier kannte, und jetzt kümmerte es ihn auch nicht sonderlich.

Wenn es eh egal war, konnte er ja gleich seinen Vater bei der nächsten Gelegenheit umbringen, die sich ihm bot, und dazu noch ein paar von diesen Bastarden, die ihm hinterherliefen, als ob ihm die Sonne aus dem Arsch schien. Das war besser als die Qualen, die ihm sein Vater antun würde, sobald sie ihn hier herausholten. Am besten bevor sie auf die Idee kamen, ihm mit einem Stock die Fußsohlen blutig zu schlagen.

Während er mögliche Szenarien durchging, in denen er Massenmord verübte, schlief er ein.

2

Dieses Mal wachte er auf, weil ihm jemand mit Absicht ins Kreuz trat und danach sofort am Arm hochzerrte. Er wurde zur Strickleiter geschubst, die er widerstandslos emporklomm, wo drei weitere Männer auf ihn warteten. Sie kesselten ihn ein, damit er gar nicht auf den Gedanken kam abzuhauen, und gingen los.

Die Fastenzellen gehörten zu einem Gebäudekomplex, dessen Teile über aus Brettern gezimmerte Gänge verbunden waren. Die Anlage befand sich auf einem am Ortsrand angesiedelten Grundstück, das mit Wald überwuchert war, sodass sie aus der Luft unsichtbar blieb und auch für neugierige Fußgänger schwer zu finden war. Es erschwerte auch ein Entkommen. Hatte man sich durchs dichte Unterholz geschlagen, gab es keine zufällig vorbeikommenden Unbeteiligten, die für einen die Polizei rufen konnten.

Auf halber Strecke merkte er, wohin sie ihn führten, und versuchte sich seine Beunruhigung nicht anmerken zu lassen. Sie brachten ihn zum Studierzimmer, wo Mitglieder hingebracht wurden, die sich „eindringlicher" mit den Lehren beschäftigen sollten. Folterkammer wäre die passendere Bezeichnung gewesen.

Sein Vater wartete bereits auf ihn.

„Gott hat dich zu einer wahren Prüfung für mich gemacht", begrüßte er seinen Sohn. Er deutete auf ein Brett, das auf dem Boden festgenagelt worden war.

Anton verzichtete darauf, dieses Kompliment an den Absender zurückzugeben. Er kniete sich auf das Stück Holz und starrte die Bretterwand an, die vor ihm stand.

Sein Vater verließ ohne ein weiteres Wort zu sagen wieder den Raum. Die Männer setzten sich hinter ihn auf den Boden. Da das Zimmer nur durch zwei Dachfenster beleuchtet wurde, bestand die einzige Fluchtmöglichkeit für Anton in der Tür, die nun durch seine Bewacher blockiert wurde.

Lange würde er das nicht aushalten. Schon jetzt gruben sich die Kanten in seine Schienbeine und er versuchte etwas

Gewicht unauffällig auf seine Knie und Zehenspitzen zu verlagern. Ein alter Trick, den ihm ein älterer Junge beigebracht hatte. Aber damals waren nie vier Augenpaare gleichzeitig auf ihn gerichtet gewesen. Daher wollte er es nicht übertreiben.

„Letzte Warnung", sagte eine schnarrende Stimme, die er mit einem Jungen verband, der ein oder zwei Jahre älter war und der Sohn eines Speichelleckers seines Vaters war. Falls er Recht hatte, musste ihm in der Zwischenzeit ein Mähdrescher übers Gesicht gefahren sein, da er vom Aussehen her nicht wiederzuerkennen war.

Anton schwieg. Der Versuch, von diesen Leuten so etwas wie Sympathie zu erhaschen, glich dem sinnlosen Unterfangen aus einem Stein Wasser zu pressen.

Was war mit den Kindern, mit denen er früher gespielt hatte?

Sein Vater war zu klug, um sie in Antons Nähe zu lassen.

Obwohl sie Anton vermutlich auch nicht zur Flucht verholfen hätten, hätten sie über einiges hinwegsehen können. Und wo war da der Spaß drin?

Er fragte sich, warum ihn sein Vater nicht direkt mit Medikamenten vollpumpte wie früher, damit er sich leichter fügte. Nun, könnte sein, dass er das später noch machte.

Vor ihm verschwamm die Wand zu einem braunen Einheitsbrei, in der ein Astknorpel zum Zentrum des Universums wurde. Der Schmerz verlor an Intensität, bis er sich nur noch dumpf anfühlte, als würde ihm jemand Daumen gegen die Beine pressen.

Er schloss die Augen.

3

Für Marie wurde die Nacht schlagartig zum Tag, als die Luke geöffnet wurde. Sie rollte sich zur Seite, damit ihr Gesicht nicht durch die herunterkommende Strickleiter eingedellt wurde.

„Beweg deinen Arsch!", brüllte ein Mann von oben herab.

Sie richtete sich auf und hangelte sich an der Leiter nach oben, wo ihr Bewacher sie erwartete. Dieser hob mit der Fußspitze die Klappe an und schlug sie zu. Entweder wollte er nicht, dass Marie in der kurzen Zeit, die er benötigt hätte, um sich zu bücken und die Leiter heraufzuziehen, auf dumme Gedanken kam, oder die Fastenzelle wurde für die nächste Zeit nicht gebraucht.

Er packte Marie fest am Oberarm und schob sie vor sich her, bis sie wieder bei ihrem Zimmer angekommen waren. Dann ließ er sie los und allein.

Auf dem Bett lag frische Kleidung, die vielleicht im achtzehnten Jahrhundert als modisch gegolten hätte. Sie hielt die weiße Bluse hoch, die wie das Nähprojekt eines ungeschickten Kindes aussah. Der kastenförmige Schnitt schien nur einen Zweck zu haben: sämtliche weibliche Rundungen, die die Trägerin haben könnte, unter Stoff zu begraben. Der darunter liegende Rock war ebenfalls eine Beleidigung fürs Auge.

Und da war dann noch die Unterhose. Marie fragte sich, ob dies der missratene Versuch war, Unisex-Unterwäsche zu kreieren. Das Ding sah aus wie eine Boxershorts mit ausgebeulten Hüften. Vermutlich hatten sie deshalb so lang gewartet um ihr dieses Zeug zu präsentieren. Jetzt hatte sie kaum eine Wahl.

War das nur eine weitere Demütigung? Sie hatte Arndt bei sich zu Hause gesehen und da hatte er ganz normale Kleidung getragen, genauso wie seine Frau. Die anderen Sektenmitglieder, die sie bisher zu Gesicht bekommen hatte, liefen auch nicht so herum. Das wäre wohl zu auffällig.

Sie begann sich auszuziehen und war gerade dabei ihren BH aufzuhaken, als sie innehielt. Es lag kein neuer da, sollte sie ihren also anbehalten? War das ein Test, um zu sehen, ob sie freiwillig ihre „Luxusgüter" aufgab?

Schließlich zog sie den BH aus.

Sie zog den Rest an und setzte sich wartend aufs Bett. Waren diese Sachen mit Absicht weiß? Ihre Kidnapper konnten kaum wissen, dass das ihre absolute Hassfarbe war.

Ihr Bewacher öffnete irgendwann die Tür einen Spalt weit und sah kurz hinein. Als er feststellte, dass Marie angezogen war, wies er sie an mit ihm mitzukommen.

In üblicher Manier schob er sie vor sich durch den Gang. Weg von den Fastenzellen, wie sie froh bemerkte. An einer Abzweigung zog er sie nach rechts, wo in ein paar Metern Entfernung eine weitere Tür auf sie wartete.

Alles sah gleich aus, Marie hätte sich nicht gewundert, wenn die Tür geöffnet wurde und sie plötzlich wieder in ihrem Zimmer war.

Der dahinter liegende Raum war stattdessen ein Bad.

Ihr Bewacher traute ihr genügend Intelligenz zu, ohne seine Anweisung herauszufinden, was sie hier tun sollte, und verließ den Raum.

Marie ging erst einmal zum Fenster. Selbst wenn sie die Milchglasscheiben einschlug, weil sich das Fenster nicht anders öffnen ließ, befanden sich dahinter dicke Gitterstäbe, zwischen deren Lücken sich allenfalls ein Spatz durchzwängen konnte. Das hier war ein Gefängnis.

Die Tür wurde abermals geöffnet und Anton gesellte sich unfreiwillig zu ihr. Seine erste Amtshandlung bestand darin, sich auf den Fliesenboden zu setzen und seine Hosenbeine hochzuschieben.

„Haben sie dich geschlagen?", fragte Marie, als sie die roten Streifen auf seinen Schienbeinen sah, die sich bereits dunkel verfärbten.

„Nicht direkt."

Anton schob die Jeans zurück und sah sie an. Für Marie bestand kein Zweifel mehr, dass sie von ihm geträumt hatte. Er war noch genauso blass und hager wie früher.

Die Tür wurde geöffnet und kollidierte mit seinem Oberschenkel. Anton machte Anstalten, beiseite zu rutschen, aber nur ein haariger Arm kam zum Vorschein, der Kleidung hineinwarf und sich anschließend sofort zurückzog.

Marie setzte sich auf das Klo. Zusammen starrten sie die Badewanne an.

„Ich lass dir gern den Vortritt", bot Anton an.

Sie ging zur Wanne und drehte den Warmwasserhahn an der verchromten Armatur auf. Sie hielt ihre Hand unter das fließende Wasser, das sich schnell erwärmte.

„Kannst du dich wegdrehen?", bat sie.

Anton setzte sich im Schneidersitz so hin, dass er die Wand gegenüber der Wanne anstarrte.

Marie beeilte sich. Sie fand keine Seife, also blieben ihre Haare fettig. Als sie aus der Wanne stieg, fiel ihr auf, dass sie nichts zum Abtrocknen hatte. Da war eine halbe Rolle Klopapier, die für sie jedoch nicht infrage kam.

„Kannst du fragen, ob wir Handtücher kriegen können?"

Anton zog sein Sweatshirt aus und hielt es ihr hin, ohne seinen Blick von der Wand zu nehmen

„Geht das auch? Ich bin mir nicht sicher, ob das Absicht ist, und ich will es auch nicht herausfinden."

Sie nahm es entgegen. Auf links war es sauber und erfüllte leidlich seinen Zweck. Sie hielt inne, als sie dabei war, ihre Schamhaare damit trocken zu rubbeln. Anton hatte vermutlich nicht vorgehabt, es wieder anzuziehen. Trotzdem kam es ihr irgendwie unhöflich und unanständig vor und sie ging schnell zu ihren Beinen über. Nachdem sie sich angezogen hatte, tippte sie Anton auf die Schulter.

Er stand mühsam auf und zog sich ungeniert die Jeans runter. Marie sah kurz die rötlichen Haare, die darunter verborgen waren, die so gar nicht zu seinem dunkelblonden Haupthaar passten, bevor sie sich abwandte.

Sie hörte wie er Wasser nachfüllte und in die Wanne stieg. Anscheinend störte er sich nicht daran, in ihrem teilweise mitbenutztem Wasser zu baden.

Während er munter vor sich hinplanschte, begann sie die Kacheln an der Wand zu zählen. Sie war bei Kachel 74, als er herauskam und bei der hundertvierundzwanzigsten, bis er angezogen war.

Sie musste bei seinem Anblick lächeln. Die weißen Sachen, die man ihm gegeben hatte, schlotterten an ihm wie ein Zelt, das um einen Mast drapiert worden war.

Anton zog das Hemd von seinem Körper weg und sagte beiläufig: „Noch Platz zum Reinwachsen."

4

Für die nächste Zeit blieben sie zusammen und zwar konstant – selbst auf Toilettengängen. Marie hatte versucht, das erste Mal zu protestieren, war allerdings nur auf eine Mauer aus Schweigen gestoßen. Anton konnte nicht aufhören sich zu entschuldigen, obwohl er genauso wenig an der Situation ändern konnte wie sie.

Es gab nichts zu tun, außer zu reden und aus dem Fenster zu gucken. Immerhin hatten sie jetzt ein Fenster. Es war ebenfalls vergittert, aber Marie war schon darüber glücklich, dass sie Tageslicht hatten.

„Glaubst wir sind schon lange hier?", fragte sie.

„Ein paar Tage sind's bestimmt."

Sie lagen beide auf dem Bett, das sie sich teilten. Für sie erweckte es den Anschein, dass man hoffte, sie würden miteinander schlafen, wenn man sie lange genug zusammensteckte. Eine Bande Bauern kam sicherlich auf die Idee, dass etwas, was bei Schweinen und Hühnern klappte, auch bei Menschen funktionieren musste.

Bislang war nichts passiert. Anton hatte brav seine Hände bei sich behalten und Marie verspürte keine Lust das Risiko einer Schwangerschaft einzugehen, nur um ein wenig Abwechslung zu bekommen.

„Dein Vater hat uns nicht hier vergessen, oder?"

„Ganz bestimmt nicht." Anton streckte sich. „Aber ich habe das Gefühl, je länger er uns warten lässt, desto schlimmer wird es sein."

„Wie schlimm?"

Anton zuckte mit den Schultern.

„Ich weiß nicht. Die einzige, von der ich weiß, die solange hier war, war Christine und danach war sie nicht mehr ganz richtig im Kopf."

„Was hat sie angestellt?"

„Ältere Kinder haben's mir erzählt, also weiß ich nicht, ob es stimmt, aber sie hat ihren Mann betrogen."

„Und was ist aus ihr geworden?"

„Sie hat bei uns in der Straße gelebt. Du hast sie garantiert ein paar Mal gesehen."

Die verrückte Nachbarin aus dem Tagebuch.

„Wann ist das passiert?"

„Das muss lange her gewesen sein", sagte er. „Ich kenne sie nicht anders. Sie hat ab und zu versucht mit meiner Mutter zu reden, bis mein Vater es ihr verboten hat. Bei den Messen habe ich sie nie gesehen."

„Dein Vater ist wirklich Psychiater, oder? Er erzählt das nicht nur einfach so."

„Ich weiß nicht, wie er sonst an die ganzen Medikamente herangekommen ist, die er meiner Mutter gegeben hat. Und den anderen, wenn sie mal etwas brauchten. Hätte er sie jahrelang geklaut, wäre es doch jemanden aufgefallen."

„Möglich. Wie werden eigentlich diese Räume beheizt?"

Marie deutete auf die nackte Wand unter dem Fenster, wo man einen Heizkörper erwarten würde.

„Mit Gebeten." Anton setzte sich auf. „Das ist mir nie aufgefallen. Ich war hier nie im Winter. Vielleicht holen sie uns bis dahin heraus."

„Also in zwei Monaten oder was?"

„Dafür hätte mein Vater nicht die Geduld."

„Sicher? Nachdem er dich jahrelang verfolgt hat?"

Darauf hatte Anton keine Antwort.

„Ist es zu persönlich, wenn ich dich frage, warum du weggelaufen bist?"

Er sah sie fragend und gleichzeitig verärgert an.

„Ich hab dir erzählt, wie scheiße er zu mir war."

„Ich meine, gab es einen bestimmten Auslöser oder hast du das spontan entschieden?"

„Ich konnte nicht schlafen. Dann bin ich aufgestanden, hab ein paar Sachen genommen und bin durchs Fenster."

„Und danach?"

Er rang mit sich. Schließlich sagte er: „Ich hab auf der Straße geschlafen. Manchmal auch im Wald."

„Im Wald?"

„Ist gar nicht so schlimm. Jagdstände stehen genug herum. Und man muss bei Wildschweinen aufpassen, wenn sie Ferkel haben."

„Und was hast du gegessen?"

„Ich hab geklaut. Auch viel bei Bauern, wenn ich auf dem Land war."

„Hat man dich jemals erwischt?"

„Nein. Ich hab's nie übertrieben. Was ist mit dir?"

„Hä?"

„Was hast du so gemacht?"

„Ich hab Abi gemacht und dann eine Ausbildung zur Buchhalterin. Ich wurde auch von ihnen übernommen."

Anton nickte anerkennend.

Draußen hockte sich ein Rotkehlchen auf einen Ast. Die beiden sahen ihm fasziniert wie kleine Kinder zu.

5

Die Nächte waren am anstrengendsten. Sie mussten sich eine Decke teilen, die nur für eine Person gemacht zu sein schien. Das stetige Gerangel um jeden Zentimeter davon, damit kein Zug entstand, war ihr eines Nachts zu viel. Es war merklich kühler geworden und wenn Anton schlief, war er kein Kavalier.

Sie stellte sicher, dass er tief und fest schlief, bevor sie sich an seinen Rücken kuschelte. Er strahlte eine angenehme Wärme aus und durch die regelmäßigen Mahlzeiten bestand er nicht mehr nur aus Haut und Knochen. Sie versuchte, irgendetwas mit ihrem Arm zu machen, bevor sie ihn letztendlich um ihn schlang. Hoffentlich hatte er nichts dagegen.

Er rührte sich, als ihre kalten Finger seine Brust berührten und sie wartete panisch darauf, dass er aufwachte und sie fragte, was sie da machte. Doch er schlief weiter.

Auf Maries Nachfrage hatten sie zum Waschen ein Stück Seife bekommen, somit waren fettige Haare kein Problem mehr. Sonst wäre sie nie im Leben so nah an seinen Kopf gekommen, dass ihre Nase fast in seinem Haar steckte. Der werte Herr könnte auch einen Haarschnitt vertragen, dachte sie im Halbschlaf. Sie reichten ihm bis zur Schulter, wie sie feststellte, als sie ein paar aus ihrem Gesicht schob.

Anton verlor am nächsten Morgen kein Wort darüber. Er nahm alles gleichmütig hin. Ob es daran lag, dass er sich schon geschlagen gegeben hatte oder er sich für später seine Kräfte aufhob, war ihr nicht ganz klar. Wenn sie über Flucht sprachen, schien er warten zu wollen, bis sie hier herauskamen. Was sie nachvollziehen konnte, nachdem er ihr gesagt hatte, dass sie sich fern von Straßen befanden und dass das gesamte Gebäude mit dem Wildwuchs umgeben war, der sich vor ihrem Fenster präsentierte.

Ihr Frühstück bestand aus Haferschleim mit Fruchtstücken, auf das sie bereits nach dem ersten Tag keine Lust gehabt hatten. Sie saßen auf dem Bett und rührten beide desinteressiert in ihren Schüsseln herum.

„Ich hab die Messen gehasst", sagte Marie.

„Du erinnerst dich?", fragte Anton hoffnungsvoll.

„Schwach. Das, was du mir erzählst, kommt mir bekannt vor. Aber ich kann mich jetzt an die Messen erinnern. Ich hab Angst bekommen, als die Erwachsenen sich die weißen Gewänder angezogen haben und sich dann geschlagen haben. Und ich hab die Predigten deines Vaters nie verstanden."

„Ich glaube, das tut keiner."

„Warum hören dann alle auf ihn?"

„Um sein Arschloch kreisen kleinere Arschlöcher, wie zum Beispiel die Kolbmeyers, die direkt neben meinem Vater wohnen. Kolbmeyer ist Anwalt, wenn er nicht gerade jüngeren Mädchen hinterhersabbert, und wenn jemand ein rechtliches Problem hat, kommen sie natürlich zu ihm. Der Dorfarzt gehört auch dazu."

„Polizisten?"

Anton dachte nach und schüttelte dann den Kopf.

„Die Zugehörigkeit zu staatlichen Institutionen ist strengstens untersagt."

„Hast du diesen Satz auswendig gelernt?"

„Musste ich. Kardinäle geben ihr Wissen nur mündlich weiter."

„Kardinal? Dein Vater nennt sich Kardinal?"

Marie lachte fassungslos.

„Mein Urgroßvater hat die Sekte nach dem ersten Weltkrieg gegründet. Er war vorher Katholik. Papst war vielleicht doch zu viel."

„Und warum hat er eine Sekte gegründet?"

„Er hatte im Schützengraben eine ... Epiphanie. Ein Engel ist ihm erschienen und hat ihm gesagt, dass er den Krieg überleben wird, weil Gott will, dass er die Menschen anführt, um weitere Kriege zu verhindern."

„Hat wunderbar geklappt. Oder was war die Begründung dafür, dass es einen zweiten gab?"

„Satan."

Marie warf die Hände in die Luft in einer übertriebenen „Was-soll-man-da-machen"-Geste.

„Es geht nicht um Kriege zwischen Menschen", erklärte er. „Sondern einen Endkrieg, in dem die geläuterten Seelen gegen Teufel kämpfen werden und verlieren werden, weil die Nicht-Geläuterten sich auf die Seite der Teufel stellen."

„Und wie genau soll das verhindert werden?"

Wider ihrer Erwartung war das hier doch ganz interessant.

„Aus unserer Gemeinde wird ein Messias hervorgehen, der alle Seelen läutern wird."

„Jesus zählt nicht?"

„Jesus ist so wir wie alle ein Kind Gottes – nur mit besonderen Gaben. Aber eben nicht der Messias, auf den wir warten."

„Warte mal, *warst* du auf einer öffentlichen Schule?"

„Ja, wieso?"

„Habt ihr dort im Religionsunterricht gesessen? Oder habt ihr geschwänzt?"

„Ich hatte evangelische Religion. Wir durften uns auch am Unterricht beteiligen. Hauptsache, wir sind nicht aufgefallen. Das ist auch noch ganz wichtig."

„Und du hast nie deinen eigenen Glauben hinterfragt?"

„Klingen brennende Büsche, Wale, die Menschen verschlucken, und besessene Schweineherden überzeugend?"

„Nein. Aber glaubst du an das, was dein Vater predigt?"

„Ich glaube, dass es einen wahren Kern gibt." Er schob sich verlegen die Haare aus der Stirn. „Dass übermäßiger Konsum schlecht ist. Nicht unbedingt das mit dem Endkrieg. Aber überall, wo ich war, selbst im Wald, war Müll. Das kann doch nicht gut sein."

„Ja, aber braucht man dafür eine Sekte?"

„Woher soll ich das wissen? Ich hab sie ja nicht gegründet."

„Wenn du Kardinal wärst, würdest du sie dann auflösen?"

Seine Augen verengten sich, während er darüber nachdachte.

„Würdest du sie reformieren?", schlug sie vor.

„Wenn das nur so einfach wäre ..."

6

Am Abend spielten sie „Ich sehe was, was du nicht siehst" bis es zu dunkel wurde, um noch etwas zu erkennen. Sie gingen ins Bett.

Marie fackelte nicht lange und drückte sich gleich an seinen Rücken. Von seiner Seite kam kein Protest, jedoch war er merkwürdig still und das nicht, weil er eingeschlafen war.

„Alles in Ordnung?", fragte sie.

„Ja."

Seine knappe Antwort machte es nur noch verdächtiger.

„Wirklich?", hakte sie nach.

Warum waren Menschen nur so notgeile Affen?, fragte sie sich, während ihre Hand nach unten glitt, ihre Finger durch sein Schamhaar fuhren und schließlich an seiner Erektion hängen blieben.

„Du musst nicht", sagte Anton, „ich kann das auch allein."

Marie lachte kurz.

„Und was ist, wenn ich will?", fragte sie, bevor sie ihn leicht in die Schulter biss. Sie hatten wochenlang zusammengehockt wie zwei Küken unter einer Glucke. Etwas hatte sie an ihm gefunden, das sie reizte. Sie hatte durchaus gemerkt, dass er Ähnliches für sie empfand. Dennoch war er nie zudringlich geworden. In diesem Gefängnis war er der einzige, der ihr eine Wahl gelassen hatte.

Sie lauschte seiner Atmung, die unregelmäßiger wurde, je länger sie sich dort unten zu schaffen machte. Hatte eine andere Frau schon einmal so etwas für ihn getan oder war sie die erste?

Er begann mit den Hüften zu stoßen und sie schlang ein Bein um ihn, um seine Bewegung einzuschränken. Sie staunte über die Kraft, die in seinem dünnen Körper steckte.

Sein Atem stockte, er stieß noch einmal zu und sein Samen benetzte ihre Finger. Die Luft entwich in einem langgezogenen Seufzer aus seinen Lungen.

Sie fragte sich, was sie mit ihrer Hand anstellen sollte. Ach, was soll's, musste halt die Bettdecke herhalten. Außerdem war sie nicht diejenige, die sie waschen musste. Sie wischte sich die Hand an der Außenseite trocken und kuschelte sich wieder an ihn.

Gegenseitiges Masturbieren wurde ihre neue abendliche Freizeitbeschäftigung. Sie zeigte ihm, wie sie es am liebsten mochte, und kam in den Genuss seiner äußerst geschickten Finger.

Mochte sein, dass es zu dem gekommen war, was ihre Gefängniswärter bezwecken wollten, aber das war ihnen egal. Sie hatten etwas Neues gegen die Langeweile und die Einsamkeit.

Die produzierte Wärme hatte den zusätzlichen Vorteil, dass sie für einen Augenblick die Kälte vergessen konnten, die ins Zimmer hineinzukriechen begann.

7

Das Laub der Bäume hatte sich bereits komplett verfärbt, als sie endlich eine Heizung bekamen. Die dicken Pullover, die man ihnen vor einiger Zeit gegeben hatte, hatten zum Schluss kaum noch geholfen und sie hatten den Großteil der Zeit mit klappernden Zähnen im Bett verbracht.

Edgar, wie sie ihren Bewacher mit dem wettergegerbten Gesicht getauft hatte, den sie am häufigsten sahen, schien fast zu lächeln, als er die elektrische Heizung aufstellte und ihre dankbaren Gesichter sah. Er zog das Verlängerungskabel unter der Tür durch und schloss sie wieder.

Sie rückten die Heizung nahe ans Bett und ließen sich die warme Luft ins Gesicht steigen.

„Meinst du, dass reicht für den ganzen Winter?", fragte sie Anton.

„Sie werden uns nicht erfrieren lassen."

Er selbst klang nicht hundertprozentig überzeugt von seinen eigenen Worten.

„Jedenfalls nicht mit Absicht, oder?"

„Dann hätten sie sich nicht die Mühe gemacht, mich hierher zu bringen."

„Wie hast du die Winter überlebt?", fragte sie.

„Ich hab aus Altkleidercontainern so viele Jacken geklaut, wie ich tragen konnte. Wenn man über die Nacht in Bewegung bleibt und tagsüber schläft, geht es einigermaßen."

„Du bist nie zum Jugendamt gegangen?"

„Ich hatte Angst, dass sie meinen Vater anrufen. Egal, was ich denen erzähle."

Marie gähnte. In den letzten Wochen hatte sie wegen der Kälte kaum schlafen können. Dass sie beide nicht krank geworden waren, musste daran liegen, dass sie praktisch schon in Quarantäne lebten.

„Schlafen?", fragte Anton.

„Schlafen", bestätigte sie.

8

Sie hatte Anton angeboten, mit ihm zu schlafen, wenn sie ihre Tage hatte, weil sie sowieso kribbelig war. Rein theoretisch konnte sie dann immer noch schwanger werden, aber sie fragte sich seit ein paar Tagen, ob das nicht der Schlüssel war, um hier herauszukommen.

Anton hatte dankend abgelehnt. In dieser Hinsicht war seine Schmerzgrenze erreicht.

Während sie die Stoffbinden vollblutete, die man ihr gegeben hatte und die besser funktionierten, als sie erwartet hatte, mied er es, sie dort unten anzufassen. Sie sah das nicht als Beleidigung. Nicht jedermann kratzte sich gern Blut unter den Fingernägeln heraus.

Umso erstaunter war sie, dass er mitten im Winter folgenden Satz heraushaute: „Wir sind schon fast ein halbes Jahr hier."

„Woher willst du das wissen?"

„Du hast fünfmal geblutet."

Sie saß zwischen seinen Beinen, während sie den Schnee draußen beim Fallen beobachteten, daher musste sie sich den Hals verrenken, um ihn irritiert anzusehen.

„Du zählst mit?"

„Du nicht?"

„Nein, ich mach's nur." Sie lehnte sich zurück an seine Brust. „Das heißt es ist Dezember oder Januar."

„Frohe Weihnachten und ein glückliches neues Jahr", wünschte er und küsste ihre Schulter.

„Glaubst du, es wird noch nach uns gesucht?"

„Nach mir? Ganz bestimmt nicht."

„Meinst du, er hat meine Unterschrift gefälscht und auf meiner Arbeit gekündigt? Und meine Wohnung?" Ihr fiel etwas noch Schlimmeres ein. „Oder hab ich jetzt Mietschulden?" Sie hatte vielleicht genug auf dem Konto gehabt, um drei oder vier Monate ihre Miete zu decken. Dazu kamen noch Versicherungen und der Autokredit.

„Wie tief sitz ich eigentlich in der Scheiße?", fragte sie laut in den Raum hinein.

Plötzlich verlor der Gedanke, dass sie hier für immer eingesperrt war, seinen Schrecken und wurde geradezu attraktiv. Während sie hier herumsaß, häufte sie gerade tausende von Euros an Schulden an. Das wäre das perfideste, was ihr Arndt antun konnte. Arbeitslos mit einem Haufen Schulden, damit sie nicht mehr entkommen konnte.

Anton drückte sie an sich. Mehr konnte er nicht anbieten. Für ihn war es schwer nachzuvollziehen, was sie gerade durchmachte, weil er nichts zu verlieren gehabt hatte außer seiner Freiheit.

„Was ist mit meinen Ausweisen?", grübelte sie. „Wenn ich mich nicht ausweisen kann, wie soll ich beweisen, wer ich bin?"

Bei diesem Kommentar musste er ein Lachen herunterwürgen. Ihr Tonfall sagte ihm, dass sie es nicht als Scherz gemeint hatte. Aber für jemanden, der jahrelang ohne Papiere gelebt hatte, klang diese Äußerung absurd.

Sie fing zu weinen an. Sie stieß kleine hilflose Laute aus, während ihr gesamter Körper bebte.

Es löste bei ihm eine andere Form von Hilflosigkeit aus. Er wusste nicht, wie er sie trösten konnte, denn er konnte ihr ja schlecht erzählen, dass sein Vater so etwas nie tun würde, wenn es genau das war, was er tun würde.

9

Marie brauchte ein paar Tage, bis sie sich wieder gefangen hatte. Sie war dankbar, dass Anton nicht krampfhaft versuchte sie aufzumuntern, sondern sie in Ruhe nachdenken ließ. Ihre Wortkargheit belastete ihn, das konnte sie sehen, schließlich gab es sonst niemanden, mit dem er reden konnte. Dennoch versuchte er nicht, ihr Geselligkeit aufzuzwingen, damit er sich besser fühlte.

„Bist du nicht wütend?", fragte sie ihn.

Anton, der aus dem Fenster geschaut hatte, drehte sich zu ihr um.

„Ich habe Angst", gestand er.

„Wovor?"

„Vor dem Danach. Dass das hier alles nur ein grausamer Scherz von ihm ist. Ich könnte hier mit dir für immer bleiben und ich wäre glücklich und vielleicht will er genau das. Damit er es mir wegnehmen kann."

„Das ist eine komische Art mir deine Liebe zu gestehen."

„Liebst du mich nicht?", fragte er verunsichert.

Sie horchte in sich hinein. Verglichen mit ihrer ersten Beziehung hatte sie nie ein Ziehen in der Brust verspürt, wenn sie ihn ansah, und auch nicht das Bedürfnis ständig auf ihm draufzuhängen wie ein Affenbaby auf seiner Mutter.

Bei Anton war es ein Gefühl von absoluter Intimität. Für sie war er jemand, bei dem sie sich körperlich oder seelisch ausziehen konnte, ohne dass er sich voller Abscheu abwandte. Sie hielt Seelenverwandte immer noch für esoterischen Mist, aber er kam dem ziemlich nahe.

„Doch, tue ich. Komm her."

Anton schlüpfte zu ihr unter die Decke. Er küsste sie, doch bevor er weitergehen konnte, hielt sie ihm die Hand auf die Brust. Deswegen hatte sie ihn nicht hergerufen. Sie wollte nur nicht, dass jemand, der an der Tür lauschte, mitbekam, worüber sie mit ihm reden wollte.

„Ich glaube, dein Vater wird dir nichts wegnehmen, solange du tust, was er sagt. Womit soll er dich erpressen, wenn du nichts hast?"

„Meine Mutter."

„Du bist jahrelang nicht zurückgekommen, obwohl er sie hatte."

Anton sah schuldbewusst drein. Marie tat es leid, dass dieser Satz ihn so hart zu treffen schien, aber darauf wollte sie vorerst nicht eingehen.

„Du bist sein einziges Kind, oder?"

„Soweit ich weiß", murmelte er.

„Er ist alt. Ihm ist klar, dass er vielleicht noch zehn oder zwanzig Jahre hat, in denen er dich beeinflussen kann. Ich denke, er will, dass du seine Nachfolge antrittst, und das geht nicht mit Gewalt."

„Also benutzt er dich ..."

„Wenn ich die Gelegenheit dazu bekomme, werde ich ihm dafür den Hals umdrehen. Aber ich habe dich früher schon gern gehabt. Er konnte sich seine Chancen ausrechnen, wie das hier enden würde. Besser, als wenn er dich mit einer anderen Tussi aus dem Dorf zusammengesteckt hätte."

„Mag sein. Was können wir tun?"

Marie hob die Schultern.

„Ich weiß nicht. Vorerst nichts."

10

Arndt schien in eine Schneewehe gefallen zu sein, da er erst wieder auftauchte, als es draußen zu tauen anfing.

Sie hatten beide vergessen, wie sehr sie ihm das Dauerlächeln aus dem Gesicht wischen würden. Sein Antlitz ließ den Hass wieder hochkochen. Allerdings hatten sie beschlossen, mitzuspielen, bei was auch immer er mit ihnen vorhatte.

„Ihr beiden habt euch gut eingelebt", begann er, als er sie vollkommen verschlafen auf dem Bett sitzen sah. Von den drei Männern, die ihn eskortierten, erkannte Marie den Dicken wieder. Er erwiderte ihren Blick und heftete ihn nach ein paar Sekunden auf die Wand links von ihm.

„Sicherlich habt ihr beiden euch schon gefragt, wie es weitergeht."

Sie schwiegen weiterhin. Was sollte man auch darauf antworten? Natürlich hatten sie sich das gefragt.

„Da ihr jetzt wieder mit einander vertraut seid, werdet ihr in zwei Wochen heiraten."

„Schön", sagte Marie tonlos.

Arndt klatschte die Hände zusammen.

„Ich kann euch gar nicht sagen, wie sehr sich die Gemeinde freut, dass ihr wieder zurück seid. Ihr seid ihre Zukunft."

Die Zukunft könnte früher da sein, als du möchtest, alter Mann, dachte Anton.

„Bis dahin könnt ihr zwei Turteltäubchen eure traute Zweisamkeit genießen – bis der Ernst des Lebens beginnt."

Er ging wieder, als ob das Ankündigen von Zwangsheiraten sein täglich Brot war. Marie hoffte, dass ihre emotionslosen Reaktionen ihm den Tag vermiest hatten. Oder in seinem gestörten Geist war dies wirklich eine frohe Botschaft.

„Arschloch", murmelte Anton, nachdem die Tür zu war.

„Lass mich raten, es gibt auf Hochzeiten keinen Alkohol oder irgendetwas Anderes, womit ich mich abschießen kann", sagte Marie.

„Japp."

„So eine Ehe ist doch nicht rechtsgültig. Wenn er uns zum Standesamt schleift, fliegt er auf."

„Kein Standesamt. Die Hochzeit wird in der Kirche stattfinden."

„Also können wir so tun, als ob das nur Spaß ist?"

„Er wird uns sicher noch sagen, wie wir uns benehmen sollen. Wenn wir ihn blamieren, wird er uns bestrafen."

Anton behielt mit dieser Einschätzung Recht. Am Tag vor der Hochzeit laberte sie Arndt eine Stunde lang mit Verhaltensregeln zu, die Marie auch hätte kürzer zusammenfassen können: sitzen, Fresse halten und – ganz wichtig – lächeln.

Am nächsten Morgen wurden sie früh geweckt und man brachte ihnen ihre Kleidung.

Maries Kleid war weiß und schlichter als der Dorftrottel. Sie machte sich über den hohen Kragen und die langen Ärmel lustig. Davon abgesehen, dass es ihr zu groß war.

„Es werden keine Bilder gemacht, oder?"

Anton schüttelte amüsiert den Kopf.

„Gut, ich seh bestimmt wie ein Gespenst aus."

Sie wedelte mit den Armen auf und ab, als ob ihr die weiten Ärmel genug Auftrieb zum Davonfliegen geben könnten.

Anton trug ebenfalls weiß. Keinen Frack, sondern ein altertümlich wirkendes Hemd und eine Hose. Ihre Schuhe durften sie behalten. Unter ihrem Kleid konnte man sowieso nicht erkennen, wie ausgetreten ihre Turnschuhe waren.

Ihre Aufpasser waren zu diesem speziellen Anlass besonders zahlreich erschienen. Sie geleiteten sie nach draußen, wo ihnen die frostige Morgenluft entgegenschlug. Marie fing sofort an zu frieren.

Der Waldboden unter ihren Füßen war matschig und Marie zog den Saum ihres Kleides nach oben, damit es nicht schmutzig wurde. Ihr war es eigentlich scheißegal, aber Arndt könnte sie dafür bestrafen.

Es war ein kurzer Marsch bis zur Kirche. Marie erkannte das Gebäude, das vollständig mit Holz gebaut worden war und wie eine überdimensionierte Scheune aussah, aus ihrer Kindheit wieder. Ihr Vater hatte sie allein zu den Gottesdiensten gebracht. Wie hatte das ihre Mutter nicht gemerkt? Sie konnte sich nicht entsinnen, dass ihr Vater ihr verboten hatte, darüber zu sprechen.

Edgar, dessen echten Namen sie immer noch nicht wusste, öffnete ihnen den Haupteingang und sie prozessierten hinein.

Marie ließ ihr Kleid los, um nach Antons Hand zu greifen. Ihre verschwitzten und zittrigen Hände verschränkten sich in einander, während sie auf die zwei Stühle am anderen Ende der Kirche zugingen. Sie sah aus den Augenwinkeln, dass die Kirche voll war. Ein Meer aus verschwommenen Gesichtern, die sie anstarrten. Wie viel waren es? Zweihundert?

Dreihundert?

Sie ließ Antons Hand kurz los, damit sie sich setzen konnten, und nahm sich sofort seine andere, die sie für den Rest der Zeremonie bei sich behielt. Ihr Kleid verbarg gut, wie fest sie sie umkrampfte.

Arndt, der rechts von ihnen in vorderster Reihe gesessen hatte, erhob sich. Er trug eine lange weiße Robe mit einem tiefroten Schal. Sie war fast dankbar, dass er sich vor sie stellte. So musste sie nicht die Leute und sein Gesicht sehen.

Sie registrierte am Rande, dass Arndt angefangen hatte zu sprechen. Seine Stimme hallte durch das Gebäude.

„Wir sind alle froh, dass mein Sohn Anton sich endlich entschlossen hat, in unsere Gemeinde zurückzukehren. Und auch ein weiteres verirrtes Schäfchen ist nach Hause gekommen – Marie.

Die Engel haben mir gesagt, dass die beiden einmal heiraten werden und heute ist der Tag gekommen. Sie werden wieder unter euch leben, aber für die nächste Zeit nicht mit euch sprechen, bis sie endgültig in unserer Mitte angekommen sind."

Marie schaute zu Anton, der genauso ratlos zurücksah. Mehr trauten sie sich nicht, da Teile der Gemeinde sie noch sehen konnten. Dieses erzwungene Schweigen sollte sie wohl daran hindern, den Leuten zu verklickern, dass sie eher unfreiwillig hier waren.

Arndt trat zur Seite.

„Unsere Zukunft ist gesichert. Unsere Traditionen werden fortbestehen. Unser Messias wird geboren."

Das schien das Stichwort für die Versammelten zu sein, mit dem Singen anzufangen. Es klang ein wenig kakophon aber voller Leidenschaft. In der Masse stach die Frau mit den kurzgeschnittenen braunen Haaren plötzlich hervor und Marie fiel ihr Name ein. Das war Klara, ihre Freundin aus der Kindheit, oder jemand, der ihre Nase und Augen hatte.

Klara winkte, wobei sie weitersang.

Marie erwiderte den Gruß unauffällig.

Von der linken vorderen Bank standen ein Mädchen und ein Junge auf. Ihre Kleidung waren Miniaturausgaben von dem, was Anton und Marie anhatten. Sie liefen stolz auf sie zu und setzten ihnen Rosenkronen auf, die Marie zunächst für echt gehalten hatte, jedoch bei näherer Inspektion als ausgesprochen gute Stoffimitationen erkannte.

Der Rest der Gläubigen stand auf und ging zu ihnen, um ihnen zu gratulieren. Sie nickten stumm und lächelten möglichst natürlich. Ein Mann in Antons Alter blieb länger stehen als die anderen. Anton hätte fast etwas zu ihm gesagt, riss sich dann aber zusammen. Sein Vater beobachtete sie.

Für die anschließende Feier wurden die Bänke an den Rand geschoben und aus einem Nebenraum Tische gebracht. Der Anblick des Essens, das anschließend aufgetischt wurde, ließ ihren Magen knurren. Wenigstens gab es Kuchen und zwar selbstgebackenen.

Arndt hatte ihnen nicht verboten miteinander zu sprechen, also stupste sie Anton an und fragte ihn, wer der Mann war, der gerade ein intensives Gespräch mit Arndt führte, während er mit einem Fleischspieß gestikulierte.

„Das ist Kolbmeyer", antwortete er leise.

Sie hatten sich von der Menge abgesondert, aber ihre Bewacher hielten sich in ihrer Nähe auf.

„Ist die Schwangere neben ihm seine Tochter?"

„Nein, das ist Klaras jüngere Schwester Dorothea."

„Sind sie verheiratet?", fragte Marie angewidert.

Der Altersunterschied musste knapp vierzig Jahre betragen, da Kolbmeyer und Arndt gleich alt aussahen.

„Sieht so aus."

„Wer war das vorhin?", fragte sie, weil ihr wieder der junge Mann einfiel. „Der, mit dem du reden wolltest."

„Das war Max."

An ihn erinnerte sie sich nicht, was daran liegen könnte, dass er mehr Zeit mit Anton verbracht hatte als mit ihr.

„Deine Mutter ist nicht hier", stellte Marie fest.

„Wahrscheinlich hat er ihr gar nichts gesagt."

Er wollte mehr sagen, verstummte jedoch, als sein Vater, die Grinsekatze unter den religiösen Fanatikern, auf sie zukam.

„Ihr beiden habt lange genug auf der faulen Haut gelegen", sagte Arndt. „Ab morgen werdet ihr ein paar kleine Aufgaben erledigen, je nachdem, was anfällt. Außerdem erwarte ich von dir, Anton, dass du deine Studien wieder aufnimmst."

Anton senkte den Kopf und nickte.

„Ich habe übrigens ein ganz besonderes Hochzeitsgeschenk für euch: euer eigenes Haus. Oh, und noch etwas extra für dich, Marie."

Er holte aus den Tiefen seiner Robe eine kleine schwarze Pappschachtel, um die ein silbernes Band gewickelt war. Er reichte sie ihr und wartete grinsend ab.

Marie bedankte sich und zog die Schleife auf. Sie öffnete die Schachtel und sah eine Halskette, die ihrer Mutter gehört hatte und Teil ihres Nachlasses war.

„Danke", presste sie zwischen ihren Zähnen hervor.

Arndt ging wieder, zufrieden mit der Reaktion, die er ausgelöst hatte.

„Was ist?"

„Der Wichser hat meine Sachen."

Ihre Hände zitterten, als sie die Schachtel zuklappte.

Anton hielt ihr seine Kuchengabel hin.

„Stich zu, ich folge dir."

Marie schnaubte. Hatte Arndt vor, ihre Besitztümer ihr wie Hundekekse vor die Nase zu halten, damit sie Männchen machte? Sobald sie herausfand, wo er ihre Sachen bunkerte, hatte sein letztes Stündlein geschlagen. Arndt war ein abgrundtief böser Mensch. Sie würde dieser Gemeinde einen Gefallen tun, wenn sie ihn aus ihrer Mitte entfernte.

Anton sah seine Frau an. Die Mordlust funkelte in ihren Augen, als sie seinem Vater mit Blicken durch die Kirche folgte. Endlich hatte er jemanden gefunden, der ihn genauso hasste wie er.

11

Das andere Hochzeitsgeschenk stellte sich als Maries Elternhaus heraus, das bei ihrem letzten Besuch bewohnt ausgesehen hatte. Entweder hatte es nur den Anschein erwecken sollen oder Arndt hatte die Besitzer herausgeworfen.

Es war komplett eingerichtet und roch frisch geputzt. Arndt führte sie stolz durch die Zimmer und zeigte ihnen, dass nichts fehlte. Sogar normale Kleidung in ihrer Größe war im Kleiderschrank, die nicht ganz Maries Geschmack entsprachen. Sie hatte noch nie florale Muster leiden können und für sie gab es ausschließlich lange Röcke oder Kleider.

Arndt erlaubte ihr im Schlafzimmer zu bleiben, damit er mit seinem Sohn ungestört ein paar Worte wechseln konnte.

Er ging mit Anton ins Wohnzimmer und scheuchte ihre Bewacher außer Hörweite.

„Wenn du nicht in der Lage bist, deinen eigenen Nachwuchs zu zeugen, dann lass ich es jemanden anderen machen, verstanden?", raunzte er.

Anton wurde kreidebleich.

Arndt ließ ihn stehen und verließ das Haus.

„Was hat er zu dir gesagt?", fragte Marie besorgt, als Anton ins Schlafzimmer kam, die Tür schloss und aufs Bett plumpste. Sie setzte sich zu ihm, wobei sie genervt das Brautkleid hochraffte.

„Er will, dass wir Kinder kriegen."

Anton sprach mit gedämpfter Stimme, weil die Männer sich vor der Tür postiert hatten.

„Da wäre ich jetzt nicht draufgekommen.“

„So schnell wie möglich.“

Anton fiel auf, dass er noch den Rosenkranz auf dem Kopf hatte und riss ihn herunter. Frustriert schmiss er ihn ans Fußende.

„Das gibt uns ein paar Monate“, flüsterte Marie.

„Und wenn's nicht klappt?“ Antons Augen füllten sich mit Tränen. „Ich will nicht, dass er dir wehtut.“

Marie zog ihn zu sich. Während er sich an ihrer Brust ausweinte, fragte sie sich, womit Arndt genau gedroht hatte. Sie zu foltern? Wenn es Anton dermaßen aus der Bahn geworfen hatte, wollte sie es vielleicht gar nicht wissen.

Eine Schwangerschaft schreckte sie nicht ab. Falls Arndt hoffte, dass sie mit einem Kind am Rockzipfel endgültig angekettet wäre, sollte er das nur weiter denken.

„Wir probieren's“, sagte Marie, während sie ihm über den Rücken strich.

„Was?“, nuschelte Anton.

„Mach mich schwanger. Wenn sie uns in Ruhe lassen, hau'n wir ab.“

Ihre Hochzeitsnacht war natürlich im Eimer. Sie kamen beide nicht in Stimmung, auch weil sie nicht wussten, was nach dieser Nacht auf sie zukommen würde.

Bis zum nächsten Morgen wälzten sie sich herum und führten leise Gespräche. Erst weit nach Mitternacht schliefen sie ein und mussten ein paar Mal gerufen werden, bevor sie aufstanden.

Nach dem Frühstück wurde Anton mitgenommen und man drückte Marie einen Stapel Kleidung in die Hand, die sie reparieren sollte.

„Wusstet ihr, dass ich eine Vier im Textilen Gestalten hatte?", fragte sie die zwei Männer, die vorm Wohnzimmer standen und ihr zuguckten, wie sie versuchte einen Faden durch das Nadelöhr zu ziehen. Die Männer sagten nichts.

Marie fiel ein, dass sie nicht mit ihnen reden durfte. Das würde Ärger geben.

12

Anton half einem Bauern seine Gewächshäuser für die Aussaat vorzubereiten. Er schleppte den ganzen Tag Blumensäcke und Anzuchtschalen, die er auffüllen sollte.

Ein paar Male hatte er die Gelegenheit gehabt zu fliehen. Der Gedanke, Marie zurückzulassen, sorgte jedoch immer dafür, dass er sich wieder stumm seiner Arbeit widmete.

Sie sahen sich am Abend wieder. Er zeigte ihr seine dreckigen Hände und sie ihm ihre zerstochenen. Sie lächelten sich an, verschränkten ihre Hände ineinander und küssten sich.

„Ich hab gekocht", sagte sie und ging in die Küche.

Anton ging kurz Händewaschen und half ihr danach beim Tischdecken.

„Wollt ihr mitessen?", fragte sie ihre jetzt vierköpfige Leibgarde.

„Marie!"

Anton sah sie eindringlich an. Er schüttelte den Kopf, um ihr deutlich zu machen, dass das von Arndt auferlegte Schweigen ernst zu nehmen war.

Als Marie die Küchentür schließen wollte, damit sie ungestört essen konnten, drückte einer der Männer gegen das Türblatt, um sie daran zu hindern. Sie verstand diese Geste und setzte sich wieder zu Anton.

Sie gingen gleich nach dem Abwasch ins Bett. Zumindest dorthin folgte man ihnen nicht.

„Das Fenster ist übrigens von außen vernagelt", informierte sie Anton, während sie sich auszog. Sie schlüpfte unter die Bettdecke.

Anton tat es ihr gleich. Er wirkte erschöpft, also beschloss Marie ihm etwas Arbeit abzunehmen. Sie setzte sich auf ihn und rieb ihre Hüften über seine, was eine prompte Reaktion bei ihm auslöste. Darauf hatte sie den ganzen Abend gewartet.

Sie führte ihn ein und begann ihn zu reiten. Es dauerte nicht lang, bis das neue und unbekannte Gefühl ihn zu einem Orgasmus brachte.

Anton sank in die Kissen, eine wohlige Müdigkeit ergriff ihn.

„Schläfst du mir gleich ein?", fragte Marie verärgert.

„Tut mir leid. Können wir morgen daran arbeiten?"

Marie legte sich neben ihn. „Na gut, gute Nacht."

In der Nacht wurde sie von ihm geweckt.

„Willst du es noch einmal versuchen?", flüsterte er ihr ins Ohr.

Noch nicht ganz wach schob sie seine Hand, die auf ihrer Taille geruht hatte, zwischen ihre Schenkel. Seine Finger vollführten ihren Zaubertrick und sie wurde munter. Sie presste seine Hand herunter, damit er weitermachte, als sie ihr Becken nach hinten schob, um ihn zu zeigen, dass er in sie eindringen konnte.

Zur ihrer Erheiterung stocherte er ein paarmal im Dunkeln, bis er hineinglitt. Seine andere Hand, die er unter ihren Körper geschoben hatte, umfasste ihre linke Brust. Er knetete sie im Rhythmus seiner Stöße. Zusammen mit seinen unermüdlichen Fingern zwischen ihren Beinen trieb es sie in den Wahnsinn. Sie hörte Meeresrauschen, als sie die Klimax davonspülte und sie auf den Wellen der Lust trieb.

Er drängte sich an sie und ergoss sich in ihren heißen bebenden Schoß.

„Und wer darf das wegmachen?", neckte Marie ihn am Morgen, als sie ihm die Flecken zeigte, die sein herausgelaufenes Sperma verursacht hatte.

„Die Waschmaschine."

Anton zog das Bettlaken ab und brachte es weg.

13

Nach drei Tagen lud Arndt sie zum Mittagessen ein.

Es war nur für drei Personen gedeckt, folglich wollte Arndt immer noch nicht, dass Anton seine Mutter sah.

Marie fragte sich, wer den Gemüseeintopf gekocht hatte – und ob er heiß genug war, um Verbrennungen dritten Grades bei einer bestimmten Person, die mit ihnen am Tisch saß, auszulösen.

„Marie", sagte das Objekt ihres Hasses, „mir ist zu Ohren gekommen, dass du dich nicht an dein Schweigegelübde hältst."

Du meinst Redeverbot, du Missgeburt. Marie würgte eine Löffel Eintopf herunter und antwortete: „Ich versuche es, aber es ist nicht leicht."

„Du solltest dir ein Beispiel an Anton nehmen."

Anton errötete. Sein Vater hatte ihn nie gelobt und es löste Panik in ihm aus.

„Ich habe beschlossen, Antons Schweigegebot aufzuheben, *deines* bleibt weiter bestehen, bis du lernst, dich an Regeln zu halten. Verstanden?"

„Ja, Herr Arndt."

„Wenn du mich anredest, dann entweder mit Herr Kardinal oder Vater", wies Arndt sie an.

„Ja ... Vater."

„Gut."

Sie verbrachten den Rest des Mittagessens damit, Arndt zuzuhören, wie er über belanglose Gemeindeangelegenheiten sprach und dann zu Kindheitsgeschichten überging.

Maries Interesse war geweckt, als Arndt einen älteren Bruder erwähnte.

„Darf ich fragen, wo er jetzt ist?", fragte sie, als er eine Pause einlegte, um zu essen.

„Er ist tragischerweise bei einem Autounfall verstorben, bei dem auch meine Eltern ums Leben kamen", antwortete Arndt ohne hochzuschauen.

Marie und Anton tauschten einen kurzen Blick aus, weil sie dasselbe dachten: *Er war's.*

14

Am Sonntag, Marie fiel es schwer sich daran zu gewöhnen, dass es wieder Wochentage gab, stand die Messe an. Sie machten sich schick und zogen mit ihrer Begleitung los zur Kirche.

Den Weg dorthin kannte sie von früher. Waren ihr die fünfzehn Minuten damals auch so lang vorgekommen?

Sie stopfte die Hände in ihren Mantel und sah sich die Gegend an. Unbeirrt von der Kälte sprossen Krokusse links und rechts neben dem Waldweg, der zur Kirche führte.

Sie betraten das Gotteshaus, in dem die Bänke wieder ordentlich in Reih und Glied standen. Die meisten Plätze waren noch unbesetzt, trotzdem nutzte Anton die Gelegenheit um mit den Anwesenden zu sprechen. Marie wusste warum und stellte sich lächelnd brav daneben.

Vor allem eine ältere Dame mit teurem Schmuck schien es ihm angetan zu haben. Er nannte sie zärtlich Tante Lissa, was dazu führte, dass sie ihn an ihren Busen drückte und ihm sagte, wie sehr sie ihn vermisst hatte.

„Ist das deine echte Tante?", fragte Marie so leise, wie es ging, nachdem sie sich auf die vorderste linke Bank gesetzt hatten.

„Nein. Sie ist die beste Freundin meiner Mutter."

„Wieso darf sie solche Klunker tragen?"

„Schmuck ist in Ordnung, solange es kein Wegwerfmist ist und nicht zu viel."

„Und wie viel ist zu viel?"

„Auslegungssache."

Anton sah sich um. Er sah die Kolbmeyers und setzte sich auf Maries rechte Seite, um zu verhindern, dass der beste Freund seines Vaters sich direkt neben sie setzte. Marie sah ihn fragend an, bis sie den Anwalt und seine Frau erkannte, die den typischen Watschelgang einer Hochschwangeren hatte.

Kolbmeyer nickte ihnen zu, weil sie anscheinend seinen Atem nicht wert waren und schob seine Frau vor, die sich neben Anton setzte.

Für ihren Geschmack sah der Rechtsverdreher sie zu lange an, bevor er Platz nahm. Und als er sich „zufällig" vorbeugte, als sie ihren Mantel auszog, hätte sie ihn am liebsten gefragt, ob sie sich nicht gleich auf seinen Schoß setzen sollte. Wahrscheinlich hätte der notgeile Bock das nur als Einladung verstanden, sie weiter anzustarren.

Arndt, in seinem weißen Gewand mit dem roten Schal, kam durch den Mittelgang. Vorne angekommen begann er gleich mit seiner Predigt, bei der Marie automatisch auf Durchzug stellte. Zu den Gesängen bewegte sie nur die Lippen. Wenigstens Anton schien zu wissen, was er tat.

Nach der Messe sprach Anton Max an, der sich sichtlich zu freuen schien. Er war in Begleitung einer jungen Frau, die seinen linken Arm umschlang, als fürchtete sie, dass er davonfliegen könnte. Marie vermutete zunächst, dass sie ebenfalls nicht reden durfte. Nachdem Max' Begleiterin mit leiser Stimme ein paar Worte gesagt hatte, kam sie zu dem Schluss, dass sie einen krassen Fall von Schüchternheit vor sich stehen hatte.

„Wie heißt seine Freundin?", fragte sie Anton später.

„Luzia. Ich dachte, sie hätten längst geheiratet."

Marie sah zu der Gruppe, die sich um Antons Vater ge-schart hatte. Eine Ansammlung alter Männer, die die Köpfe zusammensteckten, und bei der sie sich wunderte, wie viel Dreck am Stecken jeder einzelne von ihnen hatte.

Die Schlange

1

Hans Nietzke war seit fast zehn Jahren Bürgermeister von Hunnshagen. Er glaubte gerne, dass er so ziemlich jeden hier kannte oder wenigstens einen Verwandten. Deswegen wurmte es ihn, als ihm die Schwangere aufgefallen war, die ihm ein- oder zweimal über den Weg gelaufen war und die er nicht erkannte. Er vermutete, dass sie neu dazugezogen war und machte es zu seiner bürgermeisterlichen Pflicht, sie willkommen zu heißen.

Dies bedurfte einiger Recherche, um herauszufinden, wo sie wohnte. Erstaunt hatte er herausgefunden, dass diese Familie schon seit Ewigkeiten im Ort lebte.

Er war nicht auf Wählerstimmen aus. Die letzte Wahl hatte er haushoch gewonnen, was auch nicht sonderlich schwer war, wenn man der einzige Kandidat gewesen war. Und auch für die kommende Wahl sah es aus, als ob keiner gegen ihn antreten würde. Die meisten hier waren Bauern und hatten Besseres zu tun.

Als engagiertes Mitglied der ansässigen katholischen Kirchengemeinde wollte er einfach nur helfen. Ihre Kleidung hatte die beiden Male (er war sich sicher, dass er sie schon zweimal gesehen hatte, einmal weniger und einmal sehr schwanger) zerschlissen ausgesehen und er wollte ihr ein paar Dinge schenken, die eine frischgebackene Mutti gebrauchen konnte, die wenig Geld zu haben schien: ein paar Windeln in unterschiedlichen Größen, Baumwolltücher, ein paar Sachen für den mütterlichen Eigenbedarf. Er hatte da ganz auf seine Frau vertraut, die ja selbst drei Kinder groß gezogen hatte. Natürlich nicht allein, er hatte auch ein bisschen geholfen.

Alles war nett in einem großen Weidekorb verpackt, der neben ihm auf dem Beifahrersitz stand. Zusätzlich hatte er ein paar Telefonnummern und Adressen dabei, falls die Familie finanzielle Unterstützung benötigte. Er hatte nicht vor, gleich mit der Tür ins Haus zu fallen, sondern würde behutsam nachfragen. Geld war ein heikles Thema, aber er konnte beiläufig erwähnen, dass die Gemeinde in drei Wochen einen Flohmarkt für Kinderkleidung veranstaltete und er sicher auch herumfragen könnte, ob jemand nicht mehr benötigte Kleidung oder andere Dinge, die sie gebrauchen könnten, verschenken würde.

Er hielt vor dem Haus, wo sie wohnten und stieg aus. Als er um das Auto herumging, sah er kurz hinüber, was seinen Verdacht weiter verfestigte, dass sie arm waren. Der hölzerne Zaun war in einem erbarmungswürdigen Zustand und sollte dringendst repariert werden. Die Latten waren so morsch, dass man sie anhauchen könnte und sie würden zu Staub verfallen.

Nachdem er den Korb aus dem Auto geholt hatte, öffnete er die Zauntür so vorsichtig wie möglich und schloss sie auch genauso.

Er hielt sich nicht oft in der Gegend um den Eibenweg auf, daher fielen ihm die desolaten Häuser umso stärker auf.

Während er darüber nachdachte, was man da tun könne, drückte er die Klingel der ... Kolbmeyers, genau. Er wartete.

Nicht lange, bis Frau Kolbmeyer, die Frau, die er im Dorf gesehen hatte, wie er erleichtert feststellte, ihm öffnete. Sie sah ihn misstrauisch an.

„Guten Tag, Nietzke ist mein Name. Ich bin der Bürgermeister", fügte er hinzu, damit sie nicht auf falsche Gedanken kam.

„Ja?"

Sie wirkte immer noch angespannt.

„Ich habe sie im Dorf gesehen und dachte mir, dass sie bestimmt ein paar Dinge gebrauchen könnten." Er hielt ihr den Korb hin. „Eine junge Mutter muss sich doch schon über so viele Dinge Gedanken machen."

Die Frau nahm ihm dem Korb ab.

„Danke", sagte sie ohne zu lächeln.

„Ich geh dann mal wieder."

Nietzke hob zum Abschied die Hand und wandte sich ab. Für ihn war offensichtlich, dass sie keine Lust auf ein längeres Gespräch hatte. Sie hatte wahrscheinlich fürs Erste genug um die Ohren. Wenn man sich im Dorf wiedersah, konnte er es erneut versuchen.

2

Dorothea Kolbmeyer schloss die Tür und setzte den Korb auf dem Flurläufer ab, als wäre er mit Handgranaten gefüllt.

Der Bürgermeister.

Das musste das sein, wovon Kardinal Arndt immer geredet hatte. Es würde den Teufeln nicht mehr ausreichen, dass sie die Gutmütigen mit ihren Versuchungen lockten, sobald man das Haus verließ. Nein, jetzt brachten sie ihr Gift auch noch zu ihren Häusern.

Sollte sie jetzt gleich zum Kardinal gehen oder warten bis ihr Mann nach Hause kam?

Sie hörte den kleinen Jonathan im Schlafzimmer weinen. Er war noch ungetauft, weil die nächste Messe erst in zwei Tagen stattfand. Besser, sie schaffte das Teufelszeug aus dem Haus, bevor es Schaden anrichten konnte.

Als sie das Schlafzimmer betrat, war das Kind bereits wieder am Einschlafen. Sie strich ihm liebevoll über die Stirn, was ihn seine kleinen Ärmchen heben ließ. Er seufzte einmal tief und schlief weiter.

Für einen Moment könnte sie ihn allein lassen. Die hohe Stellung ihres Mannes hatte ihnen das Privileg verschafft, in das Nachbarhaus des Kardinals zu ziehen. Sie würde also nicht lange wegbleiben und sie wollte auch nicht, dass ihr Sohn mit einem Geschenk des Teufels in Kontakt kam. Sie wollte sich gar nicht ausmalen, was es mit seiner ungetauften Seele anrichten würde.

„Mama geht ganz kurz weg, ja?"

Ihr Sohn widersprach nicht und Dorothea ging zurück, um sich um diese dringende Angelegenheit zu kümmern.

3

Marie sah von dem Hemd auf, das sie gerade flickte, und sah einen hellgrauen Mercedes vorbeifahren. Der Anblick war ungewöhnlich genug, um Anton, der neben ihr auf dem Bett lag anzustupsen. Wie so oft in letzter Zeit, hatten sie sich beide ins Schlafzimmer verzogen, weil ihnen die anderen, die ihnen auf Schritt und Tritt folgten, zumindest dort ein wenig Privatsphäre gönnten - wenn man ignorierte, dass sie vor der Tür standen. Na gut, da war noch das Bad, aber wie lange konnte man sich dort aufhalten, bevor es auffiel?

„Wer ist das?", flüsterte sie.

Sie schmiss das Hemd ans Fußende des Bettes und stand auf, um ans Fenster zu gehen.

Während Anton von seiner Bettseite herunterrutschte, hielt er seine gebrochene Hand vor sich. Gestern war er von einem

Dachboden gestürzt und konnte somit den heutigen Tag mit ihr herumgammeln.

Die beiden pressten sich die Wangen an der Scheibe platt, während sie einem Mann mit grauen Haaren beim Aussteigen zusahen, der drei Häuser weiter bei den Kolbmeyers geparkt hatte. Er holte einen Korb von der Beifahrerseite, um damit dann aus ihrem Blickfeld zu verschwinden.

„Ich kenne ihn nicht", sagte Anton.

Es dauerte nicht lange, bis der Mann wieder in seinen Wagen stieg und davonfuhr. Der Mercedes wendete nicht, daher kam er kein zweites Mal vorbei, um einen besseren Blick auf den Fahrer zu erlauben.

„Außerdem, so ein Auto dürfte keiner von uns fahren", sagte Anton.

Sie setzten sich zurück aufs Bett.

„Das sah aus wie ein Geschenk. Vielleicht hat sie eine Affäre", scherzte Marie.

Anton dachte einen Moment nach.

Schließlich sagte er: „Es könnte ein paar Pluspunkte bei meinem Vater geben, wenn wir sie verpfeifen."

Marie sah ihn mit großen Augen an. Darauf wäre sie nie im Leben gekommen. Sie wollte genauso gerne weg von hier wie er, aber jemand anderes dafür in die Scheiße reiten ...

„Dein Vater hat das Auto bestimmt auch gehört", wandte sie ein.

Anton zuckte mit den Achseln.

„Darum geht es nicht. Er soll einfach nur denken, dass ich mich darum schere."

„Okay, geh ihm was vorheucheln."

Er stand auf und verließ das Zimmer. Draußen sprach er kurz mit den Männern, bevor sie hörte wie die Haustür geöffnet und wieder geschlossen wurde.

Sie holte das Hemd, welches immer noch geflickt werden wollte.

4

Anton wurde von zwei Männern eskortiert. Einer von ihnen grub sofort seine Finger in seinen Oberarm, als sie nach draußen traten. Hieß er Hans oder Franz?

Vor dem Haus seines Vaters wartete bereits die Kolbmeyer mit dem Präsentkorb. Sie sah ihn feindselig an. Es passte ihr gar nicht, dass Antons Anwesenheit die Position ihres Mannes bedrohte. Anton hätte ihr gerne gesagt, dass ihr Mann König dieser Schwachköpfe werden konnte, wenn es nach ihm ginge. Jedoch würde sie ihm nicht glauben und wahrscheinlich waren beide dermaßen seinem Vater hörig, dass sie ihn sofort verpetzt hätten, wenn sie es wüssten.

Sein Vater öffnete die Tür.

„Wir müssen darüber reden", sagte Anton, bevor Dorothea überhaupt den Mund aufmachen konnte. Er gestikulierte mit seiner freien Hand in Richtung des Korbes.

Arndt beugte sich über den betreffenden Gegenstand.

„Der Bürgermeister hat es gebracht", sagte Dorothea hastig, als hätte sie Angst, Anton könnte ihr dazwischen grätschen. „Ich habe es sofort hergebracht."

„Sofort?", fragte Anton. „Ich könnte schwören, dass ..."

Er schien zu überlegen.

„Schon gut. Alles Weitere besprechen wir drinnen", sagte sein Vater.

Arndt forderte den zweiten Mann, der mit Anton gekommen war, auf, den Korb aufzuheben. Sie gingen ins Haus.

Im Flur ließ Anton den Korbträger an sich vorbei. Seine freie, gesunde Hand streifte dabei den Korb und er entnahm unbemerkt etwas Kleines und steckte es in seine Hosentasche.

Verstohlen sah sich Anton nach seiner Mutter um. Marie hatte ihm erzählt, dass sie wie unter Drogen gewirkt hatte, als sie sie gesehen hatte. Im Wohnzimmer war sie auf jeden Fall nicht, wo sein Vater gerade in seinem Lieblingssessel Platz nahm.

Der Korb wurde vor dem Kardinal auf dem Couchtisch abgestellt und er begann, den Inhalt zu inspizieren.

„Der Bürgermeister hat das gebracht?", fragte er noch einmal nach.

Er hielt eine Packung Badesalz in der Hand, drehte sie prüfend um die eigene Achse und warf sie wieder zurück. Anton nutzte diese paar Sekunden, um Dorothea sein Diebesgut in die Manteltasche zu stecken.

„Gut, ich werde darüber nachdenken. Du kannst gehen", sagte Arndt. Dabei sah er Frau Kolbmeyer an.

Diese wollte zunächst etwas sagen, senkte aber den Kopf und ging.

„Setz dich", sagte er zu Anton. „Ihr anderen wartet im Flur."

Anton setzte sich auf das Sofa, wobei er den Drang unterdrückte, sich instinktiv so weit wie möglich von seinem Vater zu entfernen. Wenn er ihn jetzt würgen würde, wie lange konnte er zudrücken, bevor die anderen ihn wegzerrten?

Ihm fiel seine gebrochene Hand ein.

Sein Vater überschlug die Beine. Er sah Anton auf eine forschende Art an, die ihn als Kind stets nervös gemacht hatte. Es hieß, dass er Anton bei etwas erwischt hatte, und er würde ihn solange ins Kreuzverhör nehmen, bis er gestand.

„Warum bist du gekommen?", fragte sein Vater.

„Ist das nicht der Grund, aus dem du mich zurückgebracht hast?", fragte Anton zurück.

Am liebsten hätte er sich zwischen den Sofakissen verkrochen, aber er versuchte, sich nicht einschüchtern zu lassen. Arndt war jetzt ein alter Mann, der nicht mehr so kräftig zuschlagen konnte wie früher. Anton durfte nur nicht vergessen, dass er dafür genug Handlanger hatte, die das liebend gern für ihn übernahmen.

„Ich will, dass du diese Gemeinde führst, wie es seit deiner Geburt das Schicksal vorgesehen hat. Aber ..." Er legte eine gewichtige Pause ein. „Du musst das aufrichtig und ehrlich tun. Noch spielst du mir etwas vor, aber du wirst bald verstehen."

„Und wie entscheidest du, wann ich dir nicht mehr etwas vorspiele?"

Arndt lächelte ihn an. Anscheinend hatte ihm keiner in den Jahren von Antons Abwesenheit mal gesagt, dass ein ehrliches Lächeln nicht nur etwas mit dem Verziehen der Mundwinkel zu tun hatte.

„Ich werde es wissen", beantwortete er Antons Frage.

„Wusstest du, dass sie früher nachts heimlich Essen aus der Küche gestohlen hat?", verriet Anton ihm.

Es war eine kleine Information, die er von Klara, ihrer älteren Schwester, hatte, und eigentlich hatte er geschworen, es nicht weiterzuerzählen, weil die Strafe zwanzig Stockschläge gewesen wären.

„Das war früher. Sie war noch ein Kind."

„Aber du weißt nicht, ob alles noch drin ist."

„Dorothea und Klaus sind absolut vertrauenswürdig. Im Gegensatz zu dir."

Arndts Stimme bekam diesen schneidenden Unterton, was hieß, dass er kurz davor war, die Beherrschung zu verlieren.

„Du hast Recht", lenkte Anton ein. „Ich konnte sie nie leiden, deswegen traue ich ihr nicht. Kann ich gehen?"

„Möchtest du deine Mutter nicht sehen?"

Arndt sah mit Genugtuung wie Antons Augen hoffnungsvoll aufleuchteten. Anton hatte es nicht verdient, aber er war kein Unmensch.

Er stand auf und führte seinen Sohn ins Schlafzimmer.

Gisela hatte keinen sonderlich guten Start in den Tag gehabt. Seitdem sie wusste, dass Anton wieder da war, war sie in einem sehr aufgeregten Zustand. Einer der jüngeren Frauen, die ihr bei den täglichen Aufgaben zur Hand gingen, hatte es ihr in einem unbedachten Moment erzählt, was Arndt mit einem einmonatigen Schweigegelübde bestraft hatte, damit das Mädchen lernte, nachzudenken, bevor es den Mund öffnete.

Er hatte daraufhin Giselas Medikamente angepasst, was zur Folge hatte, dass sie sich öfters ausruhen musste.

Sie schlief, als sie hereinkamen, wachte jedoch auf, als Anton seine Arme um sie schlang und sie an sich drückte.

„Mama", flüsterte er glücklich.

Ihr umwölkter Blick klarte sich auf und sie erwiderte die Umarmung. Sie begann zu weinen.

„Ich habe jede Nacht geträumt, dass du wiederkommst", rief sie schluchzend. „Lauf nicht wieder weg!"

Arndt stand im Türrahmen und lächelte. Dieses Mal war es echt.

5

„Und?"

Marie lag neben Anton im Bett. Er war zwei Stunden weg gewesen, deswegen nahm sie an, dass etwas Wichtiges passiert war. Außerdem grinste er wie ein Honigkuchenpferd.

Während sie gewartet hatte, hatte sie sogar zwei weitere Kleidungsstücke fertig genäht, die sie ihren Aufpassern in die Hände gedrückt hatte. Sie würden es an eine der Frauen weiterreichen, mit denen sie immer noch nicht sprechen durfte.

„Er hat's gerochen."

„Warum bist du dann so gut drauf?"

„Ich hab endlich meine Mutter gesehen."

„Wie geht's ihr?"

Sie hatte ganz vergessen, dass es Frau Arndt auch noch gab.

„Zugedröhnt, wie du es gesagt hast. Aber sie lebt."

Sie wollte ihm nicht die Laune verderben, daher lächelte sie einfach. Arndt benutzte seine Frau, um Anton zu manipulieren und wie sie sehen konnte, gelang ihm das ganz gut. Konnte sie noch mit ihm rechnen? Wer sagte ihr, dass er sich um seiner Mutter willen nicht doch mit dem Sektenleben arrangierte?

Anton schien etwas von ihren Gedanken in ihrem Gesicht gesehen zu haben.

„Wenn es eine Gelegenheit gibt zu fliehen, dann lauf", sagte er leise. „Ich kann sie nicht noch einmal zurücklassen, aber das hat nichts mit dir zu tun."

„Wie hast du dir das vorgestellt?"

Marie klang verärgerter, als sie eigentlich durchscheinen lassen wollte.

„Ich weiß es noch nicht. Vielleicht muss ich ihn einfach umbringen."

„Komisch, darüber denk ich auch schon die ganze Zeit nach."

Anton kuschelte sich an sie.

„Wenn wir doppelt so oft zustechen, brauchen wir dann nur die halbe Zeit?", fragte er sie ernsthaft.

Marie kicherte.

6

Dorothea war damit beschäftigt, Jonathan zu säugen, als sie ihren Mann nach Hause kommen hörte.

„Ich bin im Wohnzimmer, Klaus", rief sie ihm zu.

Klaus streckte den Kopf hinein, während er seinen Mantel auszog. Er hauchte ihr einen Kussmund zu, bevor er wieder in den Flur ging.

Sie wartete ungeduldig darauf, dass er zurückkam. Den restlichen Nachmittag über hatte sie sich Gedanken über den Bürgermeister und sein Geschenk gemacht. Es musste eine Warnung von Gott sein, dass der Teufel ausgerechnet zu ihr gekommen war. Und da war noch Anton. Wahrlich, Gott wollte sie und ihre Familie prüfen.

Klaus beugte sich zu ihr hinunter und küsste sie. Er strich seinem Kind über die Wange, das hungrig an der Brust seiner Mutter saugte.

Dorothea konnte nicht mehr an sich halten.

„Heute Mittag war der Bürgermeister hier und hat einen Korb mit Sachen dagelassen."

„Was für Sachen?"

„Ich habe nicht genau nachgesehen, sondern habe es gleich zum Kardinal gebracht."

„Gut. Ich gehe gleich zu ihm hinüber."

Eigentlich hatte sie zusammen mit ihm gehen wollen. Klaus schien es allerdings eilig zu haben.

Während er wieder Schuhe und Mantel anzog, sah er kurz auf die Uhr. Es war zwanzig nach sieben. Gut. Nach acht Uhr abends wollte der Kardinal nicht mehr gestört werden, somit hatte er vierzig Minuten, um die Angelegenheit zu klären.

Kardinal Arndt schien mit ihm gerechnet zu haben, denn er öffnete ihm sofort die Tür.

Besagter Korb stand weiterhin im Wohnzimmer, nur hatte der Kardinal dessen Inhalt fein säuberlich daneben ausgelegt.

„Nicht alles darin ist Sünde, aber das ist von einem Teufel nicht anders zu erwarten", sagte Herr Arndt.

„Was sollen wir tun?", fragte Klaus.

Bei vielen der bunten Verpackungen wusste er gar nicht, wozu deren Inhalt nütze war.

„Ich werde es übermorgen bei der Messe adressieren, falls es noch einmal vorkommen sollte. Der Bürgermeister ... vielleicht will er uns nur provozieren. Uns zeigen, dass er weiß, dass wir hier sind."

Er schaute Klaus eindringlich an.

„Ich möchte, dass du deine Frau fragst, ob sie etwas davon genommen hat."

„Das hat sie bestimmt nicht", protestierte Klaus.

„Sie ist gerade erst Mutter geworden und hatte wenig Schlaf. Da wird man schnell schwach. Ich möchte nur nicht, dass eine solche Bagatelle unsere Gemeinschaft vergiftet. Sag ihr, dass ich mit ihr Nachsicht haben werde. Wenn jemand strauchelt, dann stützt man ihn und schubst ihn nicht weg."

„Ich verstehe. Was wird damit passieren?"

Klaus meinte den Korb.

„Ich werde es den Flammen der Läuterung übergeben. Das Teufelszeug hat schon lange genug die Luft in meinem Haus verpestet. Du darfst gehen. Grüß deine Frau von mir."

„Auf Wiedersehen."

Klaus konnte die innere Anspannung nicht so recht abschütteln. Er war müde und dann gleich mit so etwas konfrontiert zu werden, wenn er eigentlich nur die Beine hochlegen wollte. Die Tatsache, dass der Kardinal Dorothea verdächtigte, behagte ihm ebenfalls nicht. Seitdem Anton zurück war, hatte er nur Ärger verursacht. Klaus war zu Ohren gekommen, dass dieser Taugenichts bereits dabei war, Allianzen zu schmieden.

Seine Hoffnung, dass Anton irgendwann draußen gestorben war, hatte sich nicht erfüllt und jetzt musste er sich damit abfinden, dass nicht er die Führung seiner Gemeinde übernehmen würde. Wenn das wirklich Gottes Wille war, musste er es akzeptieren. Das musste dennoch nicht heißen, dass es ihm leicht fiel.

Der Kardinal musste gespürt haben, dass seine Gedanken bezüglich Anton unrein waren. Warum sonst hatte er Max mit der Aufgabe betraut, seinen Sohn zu überwachen? Er musste gewusst haben, dass für Klaus die Versuchung zu groß gewesen wäre, Anton zu „verlieren".

Jahrelang war Max ihm mit zehn Männern hinterhergelaufen und hatte es irgendwie geschafft, ihn immer wiederzufinden. Es musste daran liegen, dass die beiden früher unzertrennlich gewesen waren.

Wenn er nicht wollte, dass Max bald seinen Platz einnahm, sollte er sich wohl oder übel mit Anton anfreunden. Wenigstens konnte er dann noch verhindern, dass Anton die Gemeinde ins Unglück führte. Und wenn der Kardinal gestorben war, würde sich Anton nach einer starken Hand umsehen, die ihn führte. Denn mal ehrlich – Anton war ein Landstreicher und kein Kardinal.

Er betrat sein Haus. Dorothea befand sich immer noch im Wohnzimmer. Nun kniete sie auf dem Fußboden und wechselte Jonathans Windel. Sie sah hoch, als sie ihn hörte.

„Was hat er gesagt?", fragte sie ihn.

„Er wird mit den anderen in der Messe darüber sprechen."

„Gut."

„Warum hast du den Korb angenommen?"

Dorothea riss die Augen auf.

„Ich ... ich wollte nicht unhöflich sein."

„Der Teufel klingelt an unserer Tür und du wolltest ihn nicht abweisen?"

„Nein! Das meinte ich nicht. Der Kardinal hat immer gesagt, dass wir ihnen keine Angriffsfläche bieten sollen."

Für Klaus sah Dorothea wirklich sehr müde aus. Der Kardinal hatte Recht, durch den Schlafmangel konnte sie nicht klar denken. Er sollte eine der jüngeren Frauen bitten, ab und zu auf Jonathan aufzupassen, damit sie sich erholen konnte. Marie, dachte er für einen Moment, verwarf diesen Gedanken aber schnell. Er würde dieser falschen Schlange seinen Sohn nicht auf dem Silbertablett servieren.

Jonathan spuckte ein paar Tropfen Milch aus. Dorothea griff in die Tasche ihres Strickmantels, um ein Taschentuch herauszuholen. Dabei fiel eine kleine hellblaue Kugel heraus, die über den Boden rollte. Alle drei anwesenden Personen folgten ihr mit den Augen, bis sie unterm Sessel verschwand. Jonathan gluckste. Er konnte die Kugel nicht sehen, weil sein Sehvermögen noch zu schlecht war und er hätte eh nicht gewusst, dass es nur Badezusatz war. Aber das Geräusch, das sie verursachte, fand er lustig.

Dorothea sah ihren Ehemann panisch an.

„Das hab ich nicht genommen. Das war Anton. Er muss mir das zugesteckt haben", versuchte sie sich zu rechtfertigen.

Bei ihrem Mann stieß sie auf taube Ohren.

„Kannst du das beweisen?"

Er wusste, dass Anton zurzeit nie allein unterwegs war, sondern stets in Begleitung von mindestens zwei Männern. Wie sollte er das bewerkstelligt haben, ohne dass sie es gemerkt hätten?

„Ich hab das nicht genommen", wiederholte Dorothea und fing zu weinen an.

Klaus kniete sich neben seine Frau und nahm sie fest in den Arm.

„Du bist müde. Da wird man schnell schwach. Wir werden es morgen dem Kardinal beichten. Er hat mir bereits gesagt, dass er nachsichtig sein wird."

Dorothea vergrub das Gesicht an der Schulter ihres Ehemannes. Sie war ausgelaugt. Zweifel beschlichen sie, ob sie nicht doch in einem geistesabwesenden Moment zugegriffen hatte.

7

Dank seines gebrochenen Handgelenks blieb Anton von der Feldarbeit für ein paar Wochen verschont, im Gegenzug hieß es aber auch, dass er mehr Zeit hatte, sich die verschwurbelten Tonbandaufnahmen seines Großvaters anzuhören. War das göttliche Inspiration oder einfach nur Demenz? Er konnte sich gut vorstellen, warum diese Aufnahmen nie öffentlich für die anderen abgespielt wurden. Daraus wurde niemand schlau.

Erleichtert drückte er bei dem uralten Abspielgerät die Pause-Taste und setzte die Kopfhörer ab, als er Max herein-kommen sah.

Das hier war das Arbeitszimmer seines Vaters, in das er nur engsten Vertrauten Zutritt gewährte. Dementsprechend sah Max sich neugierig um. Bisher war er ein einziges Mal hier drin gewesen, nämlich als er den Auftrag bekommen hatte, Anton zu folgen. Notfalls indem er so tat, als wäre er ebenfalls ab-gehauen.

In den darauffolgenden Jahren hatten er und seine Männer auf Familie und Freunde verzichtet, um auf den Sohn des Kardinals aufzupassen. Seine Sicherheit war ihre Priorität gewesen. Sie hatten Obdachlose aus seiner Nähe vertrieben und waren ihm über die Grenzen gefolgt. Immer mit Abstand, damit er sie nicht bemerkte, was relativ einfach war. Es hatte Phasen gegeben, in denen Anton halb verhungert so tief geschlafen hatte, dass es einer Ohnmacht geglichen hatte und jedes Mal, wenn sie glaubten, ihn verloren zu haben, hatte Gott ihnen ein Zeichen geschickt.

Da der Kardinal ihnen befohlen hatte nur einzugreifen, wenn Anton sterben könnte, hatte Max schweren Herzens weiter zugesehen. Offensichtlich hatte ihr geistiger Führer vor ihnen erkannt, dass sein Sohn diese völlige Askese brauchte, um sich selbst zu finden.

Ohne eingebildet zu klingen, es war ihm eine Ehre gewesen, Anton auf diesem Weg begleiten zu dürfen. Auch ihn und die Männer hatten diese Jahre der Prüfung zu besseren Menschen gemacht.

Das Wichtigste war jedoch, dass Anton endlich bereit war, die Nachfolge seines Vaters anzutreten. Aus dem störrischen Kind war ein bedachtsamer Mann geworden.

„Was kann ich für dich tun?", fragte Anton freundlich.

Max setzte sich auf den freien Platz vor den Schreibtisch.

„Der Kardinal wollte, dass ich dir es persönlich sage: Luzia und ich wollen heiraten und es wäre uns eine große Ehre, wenn du und Marie unsere Zeugen werden."

„Das sind wundervolle Neuigkeiten."

Anton stand auf, ging um den Tisch herum und nahm Max in den Arm. Der unerwartete Körperkontakt ließ Max steif wie ein Brett werden.

„Ich werde Marie später fragen, ob sie einverstanden ist", sagte Anton, während er zurück an seinen Platz ging.

„Wir hatten die Hochzeit in zwei Monaten geplant."

„Wenn mein Vater nichts gesagt hat, geht das in Ordnung."

Max druckste ein wenig herum.

„Ich wollte dir noch sagen", begann er, bevor er erneut verstummte.

Anton sah ihn geduldig an.

„Ich wollte dir nur sagen, wie froh ich bin, dass du wieder zurückgekommen bist."

Anton beugte sich vor und drückte kurz Max' Unterarm.

„Und ich bin froh, dass es hier Menschen gibt, denen ich vertrauen kann."

Max errötete. Anton kam sich schlecht vor, als er sah wie sehr sein Lob bei Max einschlug. So viel Loyalität hatte er nicht verdient und eine erneute Flucht würde ihn diese Freundschaft kosten.

8

Marie bekam an diesem Morgen Besuch von Arndt. Da Anton sich kooperativ zeigen wollte, war er früher zum Haus seiner Eltern hinübergegangen, und sie frühstückte allein – sofern man die zwei Männer ignorieren konnte, die vor der Tür herumlungerten. Ihr gelang dies immer besser.

Sie stand auf, als Arndt den Raum betrat. Etwas, was er nie von ihr verlangt hatte, aber es schien ihm zu gefallen. Nachdem er sich auf einen freien Stuhl gesetzt hatte, nahm sie ebenfalls wieder Platz.

„Wie geht es dir?", fragte er.

„Gut, und Ihnen?"

Arndt hörte nicht auf zu lächeln, als er sagte: „Wie oft muss ich dir noch sagen, dass kein Grund besteht mich zu siezen. Wir sind doch jetzt eine Familie."

„Ich versuch's."

„Es gibt ein paar Dinge, über die ich mit dir reden wollte."

Arndt winkte einen von Maries Aufpassern zu sich und fragte nach einer Tasse Tee.

Er fuhr fort: „Klaus' und Dorotheas Sohn Jonathan wird morgen getauft, wie du weißt, und es wäre eine nette Geste deinerseits, wenn du ihm ein kleines Geschenk geben könntest. Ein Strickmützchen, vielleicht?"

Mittlerweile wusste sie bestens, dass das ein versteckter Befehl war. In Arndts Welt konnte vermutlich jede Frau stricken oder häkeln, sie konnte beides nicht. Ohnehin würde er ihr sagen, dass das die ideale Gelegenheit wäre, es zu lernen. Und eine kleine Mütze war doch nicht so schwer, oder?

„Ich habe nicht das nötige Material da", sagte sie.

„Keine Sorge", antwortete er. „Ich werde jemanden vorbeischicken, der dir alles bringt."

Er streichelte Maries Arm, was eine väterliche Geste sein sollte, aber bei Marie Ekel auslöste, den sie gut versteckte.

„Ich kann sehen, dass du einen guten Einfluss auf Anton hast. Es gibt keinen Grund mehr, warum du nicht mit den anderen sprechen solltest. Aber ..." Er hob den Zeigefinger.

„Ich erwarte, dass du dich als Frau des zukünftigen Kardinals auch dementsprechend verhältst." Er richtete den Zeigefinger auf sie. „*Du* bist das Vorbild für die Frauen der Gemeinde. Denk daran, bei allem, was du tust oder sagst."

„Ja, Vater."

Marie war kurz davor aufzustehen und zu knicksen, wusste aber, dass Arndt gerade nach dieser Ansprache eine Frechheit ihrerseits nicht durchgehen lassen würde.

„Und wenn ihr weiter so macht, brauchen wir auch bald diese Anstandsdamen nicht mehr."

Er zwinkerte ihr zu, als ob das alles ein Witz wäre.

„Gibt es noch etwas, worüber du mit mir sprechen wolltest?", fragte sie.

Die bestellte Tasse Tee wurde vor Arndt abgestellt. Anscheinend wusste der Mann, dass der Kardinal seinen Tee mit Milch trank. Arndt bedankte sich und wartete, bis der Bewacher seinen Posten vor der Tür wieder eingenommen hatte.

„Ich wollte noch wissen, wie es mit der Familienplanung vorangeht."

„Wir versuchen es", sagte Marie. Hatte er mit mehr gerechnet?

„Gut. Sollte es Schwierigkeiten geben, sagt Bescheid. Falls es medizinische Ursachen gibt, sollte das schnell abgeklärt werden."

„Machen wir."

„Wenn mir noch etwas einfällt, kann ich es Anton mit auf dem Weg geben. Ich will auch nicht länger stören."

Arndt stand auf und Marie erhob sich ebenfalls, damit sie ihn zur Tür begleiten konnte. Bis zum Schluss rang sie mit sich, ob sie fragen sollte, wann sie das Grab ihres Vaters besuchen durfte. Aber das könnte die falschen Signale senden und dann war Arndt auch schon weg.

9

Marie hatte nun den ganzen Morgen damit verbracht, sich die Grundlagen des Strickens beizubringen. Der alte Wälzer mit den Handarbeiten, den sie vor sich auf den Tisch liegen hatte, hätte ein paar Bilder mehr vertragen können oder welche, auf denen man ansatzweise erkennen konnte, was gemacht wurde. Langsam bekam sie aber den Bogen heraus.

Sie glaubte nicht, dass Jonathan diese Mütze jemals tragen würde. Die Kolbmeyers schienen sie nicht leiden zu können, obwohl sie sich bisher erst einmal richtig gesehen hatten. Arndts Versuch Frieden zu stiften würde im Sande verlaufen, was auch daran lag, dass dieses Kleidungsstück wie von einem Anfänger gemacht aussah. Sie hatte ja noch genug Zeit und Wolle für einen zweiten Versuch ... und einen dritten. Gut, dass Babyköpfe so klein waren.

Jemand klingelte an der Haustür. Marie sah zu ihren „Anstandsdamen" und einer ging, um die Tür zu öffnen.

Wenig später betrat eine junge Frau in Maries Alter das Wohnzimmer. Marie musste eine Sekunde überlegen, bis ihr der Name einfiel: Luzia. Anton hatte nach der Messe mit ihr und Max geredet.

„Darf ich mich setzen, Frau Arndt?"

Für Marie war diese Form der Anrede immer noch gewöhnungsbedürftig.

„Natürlich." Sie klopfte auf den freien Platz neben sich auf dem Sofa. „Und nenn mich Marie."

Zumindest dieser Teil ihres Namens war noch ihr eigener.

Luzia setzte sich zögerlich neben sie, die Hände im Schoß gefaltet wie zum Gebet.

„Max und ich wollten bald heiraten und ich wollte fragen, ob du meine Zeugin sein möchtest."

Wie viel Arbeit würde ein Ja nach sich ziehen?

„Was genau wären dann meine Aufgaben? Ich frage nur, weil ich dich nicht enttäuschen möchte", wollte Marie wissen.

„Oh, nicht viel. Du hilfst mir die Hochzeit vorzubereiten, nicht allein, die anderen Frauen natürlich auch, und bist dann bei der Hochzeit meine Zeugin."

Gab es eine bessere Gelegenheit, Arndt zu zeigen, dass sie es ernst meinten? Marie griff nach Luzias Händen und drückte sie fest, wobei sie die schwitzige Kälte wahrnahm, die von ihnen ausging. Luzia schien nett zu sein, da konnte man sich mit ihr freuen. Nicht jede Ehe hier schien eine Zwangsheirat zu sein und das war ein Grund zum Feiern.

„Ich wäre gern deine Zeugin", sagte sie.

Luzia strahlte übers ganze Gesicht. Jegliche Nervosität fiel von ihr ab und sie richtete sich merklich auf.

„Wunderbar!", rief sie. „Ich werde es Max sofort sagen."

Sie wollte aufspringen, doch Marie hielt sie zurück.

„Du kannst nicht zufällig stricken, oder?"

10

Anton kam am Abend mit schwirrendem Kopf nach Hause. Satzfetzen seines Großvaters tauchten in seinen Gedanken auf wie Karpfen an der Oberfläche eines Teiches.

Auch wenn Aussagen wie *„Die unermüdlichen Engel in unserer Gemeinde sind unsichtbar"* eher toten Fischen glichen, die auf der Wasseroberfläche trieben. Zu diesem Satz gab es keinen Kontext und er war sich sicher, ihn schon einmal in einer Predigt seines Vaters gehört zu haben. Auch damals in den Raum hineingeworfen, ein Satz, mit dem man simplen Gemütern Tiefgründigkeit vortäuschen konnte.

Marie lag bereits im Bett.

„Hey", sagte sie gedehnt.

Anton schlug ihren Bewachern die Schlafzimmertür vor der Nase zu.

„Was strickst du da?", fragte er, während er sich auf die Bettkante setzte.

„Das ist für die Kolbmeyers. Dein Vater hatte die brillante Idee, dass ich ihnen was schenken könnte. Das hier ist der … fünfte Versuch."

Sie hielt ihm die fast fertige Mütze zur Begutachtung hin.

„Sieht gut aus. Zu dumm, dass sie es wahrscheinlich wegschmeißen, sobald sie zu Hause sind."

Marie legte ihr Werk auf dem Nachttisch ab.

„Luzia war bestimmt schon da", sagte Anton, der begann sich auszuziehen.

„Wegen der Hochzeit. Hast du Ja gesagt?"

„Hast du?", fragte er zurück.

„Natürlich. Du etwa nicht?"

„Max ist mein Freund. Es wäre komisch gewesen, wenn ich Nein gesagt hätte."

Marie hakte den Zeigefinger in den Bund seiner Unterhose.

„Die kannst du auch gleich ausziehen."

Er gehorchte und sie schwang sich auf ihn drauf wie eine Dressurreiterin. Sie beugte sich zu ihm hinunter und flüsterte ihm ins Ohr: „Ich hab an mir herumgespielt, als ich an dich gedacht habe."

Sein Kopf war wie leergefegt, als er diese Worte hörte.

Nachher lagen sie sich verschwitzt und glücklich in den Armen. Es hatte nicht lange gedauert, bis Marie sich ihres voluminösen Nachtkleides entledigt hatte und das jetzt un-auffindbar war.

„Wonach suchst du?", fragte sie, als sie sah, wie er sich den Hals verrenkte.

„Ist dir nicht kalt?"

Anton beugte sich über die Bettkante.

„Nö."

Er legte sich wieder hin. Im Gegensatz zu ihm schien Marie hellwach zu sein.

„Du willst nicht weg, oder?", fragte sie.

„Ich kann nicht."

„Dein Vater hat angedeutet, dass wir bald nicht mehr überwacht werden. Vielleicht gibt es dann die Möglichkeit mit deiner Mutter abzuhauen."

„Soweit war ich auch schon. Und was dann?"

„Wir klauen einen Camper und gehen auf Welttournee."

Nach einer Pause sagte sie: „Warum gehen wir nicht zur Polizei? Wenn er zu denen keine Kontakte hat, müssen sie uns doch glauben."

„Müssen sie? Was wenn zweihundert Leute aussagen, dass wir verrückt sind?"

„Was ist dein Plan?", fragte sie.

„Ihn umbringen und seinen Platz einnehmen."

„Du willst Kardinal werden?"

Marie richtete sich auf.

„Wir hätten dann alles, oder nicht? Ich könnte mich von dir scheiden lassen und dich offiziell aus der Gemeinde verbannen. Du wärst frei."

„Ich will dich nicht hier zurücklassen. Ich will mir ein neues Leben mit dir zusammen aufbauen."

„Tun wir das nicht bereits?"

Marie dachte über seine Worte nach. Schließlich legte sie ihren Kopf auf seine Brust und fragte: „Wie willst du ihn umlegen?"

11

Für die Messe beschloss Marie die Rubinhalskette ihrer Mutter zusammen mit einem hellgrünen Kleid zu tragen. Die Kombi machte Anton rattig, doch dafür hatten sie keine Zeit.

Er saß wieder zwischen ihr und der Kolbmeyer, die ihren Sohn auf dem Schoß hatte. Marie sah sich den schlafenden Jonathan an und dachte: *Meine Fresse, sind Neugeborene hässlich.*

Arndt machte den Geschenkkorb des Bürgermeisters zum Zentralgegenstand seiner heutigen Predigt. Marie hörte den Sermon und hatte Mitleid mit dem Herrn, der einfach nur hatte nett sein wollen und hier als Teufel beschimpft wurde. Und das von einem Mann, der dem Leibhaftigen in nichts nachstand.

Anton schielte zur Kolbmeyer hinüber. Bei den Passagen in der Predigt über Schwachwerden und Versuchung senkte sie schuldbewusst das Haupt. Sein kleines Geschenk war wohl gefunden worden.

Als sein Vater mit seiner Predigt fertig war, erhob sie sich nicht, um sich ein Bußgewand anzuziehen und ihre Sünden zu gestehen. Mit dem Segen des Kardinals, wie er vermutete, was hieß, dass die Sache erst einmal gegessen war. Von sich aus würde er das Thema gegenüber seinem Vater nicht aufs Neue anschneiden. Letztendlich spielte es auch keine Rolle, ob die Kolbmeyer sich vor der Gemeinde die Blöße gab oder weiter eins auf oberheilig machte. Hauptsache, er hatte für ein wenig Unruhe gesorgt.

Zwei Männer, darunter Edgar, kamen nach vorne und stellten sich neben den Kardinal.

„Habt ihr gesündigt?", fragte Arndt sie laut.

Die Männer bejahten. Sie gingen zur Wand, an der eine Holzkiste stand und holten zwei weiße Gewänder und fingerdicke Rohrstöcke heraus. Sie streiften sich die Gewänder über den Kopf und gingen zurück zum Kardinal.

„Beichtet", forderte er sie auf.

„Ich habe Pornographie gesehen", sagte der erste Mann.

„Ich habe zwei Tafeln Schokolade gegessen", gestand Edgar.

Marie ging das Herz auf. Jemand, dessen größte Sünde zwei Tafeln Schokolade waren, konnte kein schlechter Mensch sein.

„So läutert euch", forderte der Kardinal sie auf.

Die Männer begannen sich gegenseitig auf den Rücken zu schlagen, wobei Edgar zuerst geschlagen wurde, und Marie senkte den Blick. Ein Eisengeruch, den sie unmöglich riechen konnte, stieg ihr in die Nase. Ihre Hand suchte nach Antons und fand sie.

Das Schlagen hörte auf und die Männer brachten die Rohrstöcke zurück. Die Gewänder behielten sie an.

Der Kardinal wandte sich erneut an die Gemeinde.

„Seit ein paar Tagen hat unsere Gemeinschaft ein neues Mitglied – Jonathan Kolbmeyer. Bring ihm bitte nach vorne, Dorothea."

Dorothea begann zu strahlen, als sie gefolgt von ihrem Mann ihr Kind zum Kardinal brachte.

Die steinerne Säule, die vorne stand und Marie für einen Altar gehalten hatte, war in Wirklichkeit das Taufbecken. Der Kardinal schöpfte eine Handvoll Wasser daraus und ließ es über den Kopf des Kindes rieseln. Jonathan zeigte keinerlei Reaktion.

„Heißen wir nun unser neues Mitglied willkommen."

Und das Singen fing wieder an.

Luzia hatte einen echten Narren an ihr gefressen.

Nach der Taufe, als der Gottesdienst vorbei war und die Mitglieder der Gemeinde sich noch in Grüppchen unterhielten, kam sie sofort zu ihr.

„Hättest du übermorgen Zeit. Wegen der Hochzeit?"

Marie verkniff sich einen sarkastischen Kommentar à la *lass mich in meinem Terminkalender nachsehen.* Bei Menschen wie Luzia sorgte es nur für Verwirrung.

„Na klar", sagte sie stattdessen.

„Wie ist die Mütze geworden?"

Marie holte sie aus ihrer Handtasche. Sie war nicht in Geschenkpapier eingepackt, da Anton sie darauf hingewiesen hatte, dass das Verschwendung war.

„Sie ist wunderschön."

„Danke", sagte Marie. Meinte sie das ernst? Hätte Jonathan komische Beulen auf dem Kopf gehabt, könnte man das Ding für eine Maßanfertigung halten. Ansonsten war es eine Abscheulichkeit.

Arndt mit seinem untrüglichen Sinn für den perfekten Zeitpunkt brachte Dorothea mit Jonathan vorbei.

„Ah, wunderbar, du hast sie fertig bekommen", kommentierte er seine Auftragsarbeit.

Marie gab Dorothea das Geschenk. In Anwesenheit des Kardinals bedankte sie sich höflich, sobald er abgeschwirrt war, sagte sie jedoch: „Jonathan mag kein Grün."

Er ist ein verficktes Baby, dachte Marie.

„Wie redest du mit der Frau des zukünftigen Kardinals?", fragte eine Stimme über ihren Kopf.

Klara, die einen halben Kopf größer war als sie, stand hinter ihr. Sie sah ihre kleine Schwester tadelnd an, die sich aus dem Staub machte.

„Seitdem sie eine Kolbmeyer ist, ist sie so was von hochnäsig geworden." Sie umarmte kurz Marie. „Wie geht's dir?"

„Gut, wo sind deine Kinder?"

„Irgendwo da." Klara wedelte mit der Hand zur Menschenmenge. „Und es ist nur eins."

„Mehr hast du aus deinem Mann nicht herausgekriegt?"

Luzia riss die Augen auf. Sie wusste nicht, dass die beiden Frauen sich in ihrer Kindheit ständig beleidigt hatten, und jetzt wieder in ihr altes Muster zurückfielen.

„Schätzchen, ich seh hier nirgendwo deine Kinder herumrennen", konterte Klara und die beiden fingen an zu lachen.

Luzia entspannte sich. Das war alles nur Spaß.

Anton konnte sehen, dass Marie sich prächtig amüsierte. Das war gut, je beliebter sie waren, desto schneller konnte er den Kader um seinen Vater auflösen. Oder sie lange genug ausbooten, bis die Natur den Rest erledigte.

Er richtete seine Aufmerksamkeit wieder auf Max und die Gruppe jüngerer Männer, die sich um sie geschart hatte. Teilweise war er mit ihnen zur Schule gegangen. Einige von ihnen studierten nun, darunter ein Neffe von Herrn Kolbmeyer, der genau wie sein Onkel Anwalt werden wollte.

„Hat dein Vater sich wieder mit Klaus vertragen?", sprach er ihn an.

Er wusste noch, dass es dicke Luft wegen einer Erbschaft gegeben hatte.

„Der Kardinal hat vermittelt."

„Warum ist er heute nicht hier?"

Anton hatte bereits nach ihm gesucht. Als einer der besser verdienenden Gemeindemitglieder, der seinen älteren Bruder nicht leiden konnte, war er ein wertvoller Verbündeter.

„Er ist krank."

„Etwas Ernstes?"

„Er hat Hüftschmerzen."

„Deine Mutter ist auch nicht hier."

„Sie wollte sich um ihn kümmern."

„Dürfen Marie und ich später vorbeikommen? Ich würde gern mit ihm über etwas reden."

„Natürlich, Herr Arndt."

Anton widmete sich den anderen. Noch konnte er ihnen keine Gefälligkeiten anbieten, dennoch würde es nicht schaden, Informationen zu sammeln.

Dorothea verließ spät am Abend noch einmal ihr Haus, um zum Kardinal zu gehen. Es war bereits dunkel und sie musste nicht fürchten, gesehen zu werden.

Sie klopfte an seine Tür und wurde eingelassen.

Arndt brachte sie ins Wohnzimmer.

„Bück dich über das Sofa", befahl er ihr.

Er hatte Gisela ein Schlafmittel gegeben, falls Dorothea laut wurde.

Dorothea legte sich über die Armlehne, so dass ihr Hintern sich in die Höhe reckte.

Arndt zog ihren Rock hoch, bis er ihre obere Körperhälfte bedeckte und die untere freilegte. Dann zog er ihre Unterhose unter die Pobacken.

Für Dorotheas Läuterung hatte er bereits einen Rohrstock und Gleitgel bereitgelegt. Seit sie vierzehn gewesen war und er sie in die analen Freuden eingeführt hatte, hatte er ihr gesagt, dass sie etwas Besonderes wäre und das besondere Menschen auch eine besondere Behandlung verdienten.

Dorothea, die weder über außerordentliche Schönheit noch die Intelligenz ihrer Schwester verfügte, hatte seine Worte aufgesaugt wie ein Schwamm, den er nach Belieben auswringen konnte.

Arndts Hand verharrte für einen Moment über seinen Instrumenten der Läuterung und entschied sich zunächst für den Rohrstock.

Reformation

1

Am 23. März heirateten Anton und Marie standesamtlich. Sie betrachteten dieses Datum als den eigentlichen Beginn ihrer Ehe, weil sie ohne Zwang Ja zueinander sagten.

Marie hatte mit einer Parade an Behördengängen gerechnet, in denen sie fast ein Jahr Abwesenheit erklären musste. Sie erfuhr stattdessen, dass Arndt ihre Unterschrift gefälscht hatte, um ihr altes Leben zu kündigen, und dass sie seit Monaten als Sprechstundenhilfe beim Dorfarzt arbeitete, dessen Praxis sie noch nie von innen gesehen hatte. Von ihrem Gehalt sah sie natürlich keinen Cent, ihre Anstellung diente nur dazu, ihre Krankenversicherung aufrecht zu erhalten.

Er hatte dasselbe für Anton getan und ihn jahrelang als Hilfskraft bei den Bauern „angestellt".

Als Anton ihn fragte, ob er damit einverstanden wäre, dass er bei dem jüngeren der Kolbmeyer-Brüder in der Tischlerei arbeitete, war sein Vater nicht sonderlich begeistert. Er erlaubte es aber, wahrscheinlich geschmeichelt, dass sich sein Sohn so unterwürfig zeigte.

Klara hatte noch Semesterferien. Sie und Marie verbrachten viel Zeit, bevor das Medizinstudium sie wieder in Beschlag nahm. Mühelos knüpften sie an ihrer alten Kindheitsfreundschaft an und Luzia schien sie beide zu vergöttern.

Gerade waren sie in Luzias Elternhaus und halfen ihr beim Schneidern ihres Brautkleides. Die Hochzeit rückte näher und für Luzia waren die beiden wie ältere Schwestern, die sie jedes Mal erdeten, wenn sie vor lauter Panik den Kopf verlor.

Marie erwähnte beiläufig, dass ihre Regel überfällig war.

„Soll meine Mutter mal drübergucken? Vielleicht bist du schwanger", sagte Klara.

Ihre Mutter war Gynäkologin und sie hatte vor, in ihre Fußstapfen zu treten.

„Ich lass mich doch nicht von deiner Mutter befingern."

Marie verzog das Gesicht.

„Glaubst du, aus deiner Muschi rieselt Gold?"

Klara warf das Nadelkissen nach ihr, wobei sie darauf achtete, nicht auf Maries Gesicht zu zielen.

Luzia hatte sich an diese vulgären Gespräche gewöhnt.

Selbst wäre sie nie auf die Idee gekommen, Derartiges von sich zu geben. Aber da Marie und Klara nur im Privaten so redeten, fühlte sie sich, als wäre sie Teil eines geheimen Zirkels.

2

Zwei Wochen später ließ Marie sich doch zur Praxis von Klaras Mutter in Molln fahren. Selbstverständlich mit ihrer Ehrengarde. Angesichts des speziellen Anlasses hatte der Kardinal erlaubt, dass sie nur einen Aufpasser mitnehmen musste und sie hatte sich für ihren Lieblingsbauern entschieden.

Edgar hatte darauf bestanden sie zu chauffieren, obwohl sie selbst einen Führerschein hatte. Sein Name, wie sie sich ermahnen musste, war eigentlich Egon Watzlaff.

Auf der Fahrt dorthin lernte sie einiges über seine Familie und seinen Schweinezuchtbetrieb, den sie seit Jahrzehnten führten.

Es haute sie glatt von den Füßen wie gesprächig er auf einmal war. Wenn sie ihn nicht ab und zu mit Fragen unterbrochen hätte, hätte er die ganze Fahrt ohne Pause geredet. Im Gegensatz zu Arndts Anekdoten lauschte sie ihm gern, weil er sich nicht als Held der Geschichte darstellte.

Als er erwähnte, wie sehr er und seine Frau sich über die Buchhaltung ärgerten, witterte sie eine Chance.

„Ich könnte mich darum kümmern", bot sie an.

Egon wurde verlegen.

„Das kann ich nicht annehmen."

„Es wäre mir eine Freude."

„Wenn das so ist ..."

„Du wirst Vater", begrüßte sie Anton am Abend. Sie wedelte den Schwangerschaftstest vor seiner Nase herum, als sie im Schlafzimmer waren.

Anton griff danach, um ihn näher zu begutachten.

„Du weißt schon, dass man draufpinkelt, oder?"

Diese Information konnte seine Freude nicht dämpfen. Er umarmte Marie, die den angenehmen Duft von Sägemehl an ihm riechen konnte. Es war auch eine Spur Erleichterung dabei, dass er sich an dieser Front keine Sorgen mehr machen musste.

„Wann sagen wir es deinem Vater?"

„Gar nicht", war seine erste Antwort.

„Sofort", sagte er dann.

Arndt schien zunächst verärgert, dass er beim Abendessen gestört wurde. Auch weil Gisela passiv mit ihm am Tisch saß und er gerne kontrollierte, wie oft Anton sie sehen konnte.

Er wurde nachsichtig, als er den Grund für diese Störung erfuhr. Verständlich, dass die Kinder über diese Neuigkeit aufgeregt waren.

„Warum bleibt ihr nicht zum Essen?", schlug er vor.

Er forderte Anton auf, weiteres Geschirr aus der Küche zu holen. Während Anton sich dort aufhielt, legte Arndt seine Hand auf Maries Arm.

„Bis zum zweiten Trimester sollte das unter uns bleiben. Falls die Schwangerschaft nicht besteht."

Marie nickte geflissentlich. Sie ließ sich nicht anmerken, wie froh sie war, dass er wieder seine Hand wegnahm.

Anton brachte ihnen das Essen. Später würde er ihr erzählen, dass der Topf zu voll für zwei Personen gewesen war und Arndt mit ihnen gerechnet haben musste. Marie gefiel nicht, dass Klaras Mutter wahrscheinlich das positive Testergebnis an den Kardinal weitergegeben hatte, sobald sie aus der Praxis heraus war. Von ihr Schweigen verlangen konnte sie allerdings nicht.

Gisela sah die ganze Zeit auf ihren Teller. Ob sie verstanden hatte, dass sie bald Großmutter wurde, war unklar. Ihr Anblick bekräftigte Maries Überzeugung, dass ihrer und Antons Plan der richtige Weg war.

Ihre Schwangerschaft hatte zur Folge, dass ihre Bewachung aufgelockert wurde. Sie hatte nun das Haus für sich allein, während die Männer sporadisch an ihrer Tür klingelten, um zu sehen, ob sie noch da war.

In der ganzen Zeit hatte sie noch keine Gelegenheit gehabt, den Keller in Augenschein zu nehmen. Die erste Hürde, die es dabei zu überwältigen gab, war, die defekte Glühbirne auszutauschen. Nachdem sie Licht hatte, stieg sie hinunter. Es roch, als ob seit Jahrzehnten nicht mehr gelüftet wurde.

An den Fenstern fand sie die Riegel, die ihr Vater damals angebracht hatte. Sie waren so verrostet, dass sie nicht aufgingen. Nachher würde sie alle Fenster im Erdgeschoss öffnen, damit der hochziehende Kellergeruch verflog.

Es standen ein paar Pappkartons herum, die durch die Feuchtigkeit und deren Inhalt total deformiert waren, als ob sie geschmolzen wären. Die dunklen Flecken waren Schimmel und Marie zog sich ihre Bluse vor die Nase.

Mit spitzen Fingern holte sie verrottete Kleidung und aufgequollene Bücher heraus. Die Sachen ihrer Großeltern, wenn sie sich richtig an die Einträge aus dem Tagebuch erinnerte. Man konnte sie nur noch wegschmeißen, weil nichts Nützliches dabei war.

In einer Kiste fand sie ihr altes Spielzeug. Sie holte Lilli, ihre alte Lieblingspuppe, unter einem Teddy hervor. Sie hatte sie schöner in Erinnerung gehabt und sauberer. Sollte sie sie aufbewahren? Mit den anderen Sachen verband sie kaum tiefer gehende Gefühle, weil sie im Laden gekauft worden und Allerweltskram waren. Fürs Wegwerfen waren sie noch zu intakt, aber ihr Kind konnte später schnell etwas daran ändern.

Die anderen Kartons enthielten weiteren Krempel. Wenn sie und Anton Zeit hatten, würden sie hier mal ordentlich ausmisten müssen.

Sie nahm Lilli mit nach oben.

3

Max' und Luzias Trauung fand im Mai in der Kirche statt.

Anton und Marie hatten hinter ihren Stühlen gestanden, während sie ihre Kronen, die dieses Mal aus echten Blumen bestanden, aufgesetzt bekamen. Im Zuge der Hochzeitsvorbereitungen hatte Marie von den älteren Frauen erfahren, dass es jetzt ihre und Antons Aufgabe war, Max und Luzia in ihrer Ehe mit Rat und Tat zur Seite zu stehen.

Bei dieser Neuigkeit hatten sich Marie die Fußnägel gekräuselt. Woher zur Hölle sollte sie wissen, wie man eine lange und glückliche Ehe führte? Sie war selbst erst seit ein paar Monaten verheiratet und nicht jeder hatte einen despotischen Schwiegervater zur Hand, dessen geplante Wegräumung ein Zusammenschweißen garantierte, wie es nur ein Mörderpakt konnte.

Arndt, der gewollt hatte, dass sie die Schwangerschaft noch für sich behielten, nutzte das gesellige Beisammensein um die frohe Kunde zu verbreiten.

Marie erfuhr es indirekt, als ihr und Anton gratuliert wurde. Sie bedankten sich höflich und wiesen darauf hin, dass heute das Brautpaar im Mittelpunkt stehen sollte. An ihren

Gesichtern war nicht abzulesen, wie angefressen sie über sein Verhalten waren.

Die weitere Feier, die Marie und die anderen Frauen vorbereitet hatten, fand in kleinem Kreis bei Max' Eltern auf dem Hof statt. Sie hatten den ganzen gestrigen Tag gebacken und gekocht, weil klein in diesem Zusammenhang eine Personengruppe von fünfzig Leuten bedeutete, die verpflegt werden wollten. Denn hier war jeder über irgendwelche Ecken mit jemandem verwandt.

Nach einer Stunde entfernte sich Arndt von dem Fest, weil die Liebmanns nicht zu seinem Freundeskreis gehörten. Anton war nur allzu bereit, diese Lücke an kardinaler Nächstenliebe zu füllen.

Die Liebmanns und die Steiners, zu denen Luzia gehörte, waren zwei herzliche Familien, in deren Gesellschaft Marie sich sofort wohlfühlte. Es herrschte eine lockerere Atmosphäre als bei den Besuchen bei Arndts Freunden, zu denen sie genötigt wurden, und Anton wirkte wesentlich entspannter.

Sie lief sogar Egon und seiner Frau über den Weg. Wie sich herausstellte, war Luzia die Tochter einer entfernten Cousine von Egon.

„Wir wollten uns noch einmal für Ihre Hilfe bedanken", sagte Frau Watzlaff.

Marie war drei Tage lang mit ihnen alles durchgegangen und hatte ihnen eine bessere Buchhaltungssoftware vorgeschlagen, die zwar teurer, hingegen einfacher in der Bedienung war.

„Ach was", winkte Marie lachend ab. „Hab ich doch gerne gemacht. Wozu hab ich sonst drei Jahre lang die Ausbildung gemacht?"

„Ich hätte da jemanden, der auch noch Hilfe gebrauchen könnte", sagte Frau Watzlaff.

Marie war ganz Ohr.

4

Je sichtbarer Maries Schwangerschaft wurde, desto mehr ließ Arndt jegliche Vorsicht in ihrer Nähe fahren. Sicherlich nahm er an, dass er es mit einer schwangeren Frau körperlich aufnehmen konnte, daher fiel auch ihre Bewachung weg, wenn sie sich in seinem Haus aufhielt.

Ganz die gute Schwiegertochter machte sie ihm eine Tasse Tee mit Milch und rührte ihm eine Dosis Fingerhut-Extrakt hinein. Nicht viel, es war nur ein Testlauf. Ein kleines „Fickdich".

Es verschaffte ihr eine große Genugtuung, dass er die Tasse austrank ohne Verdacht zu schöpfen.

Die nächste Messe wurde von Anton geleitet.

Arndt hatte über Herzprobleme geklagt und für seinen Sohn eine Predigt vorgeschrieben, an deren Wortlaut er sich minutiös hielt. Anton wusste, wenn er davon abwich, würde es seinem Vater zu Ohren kommen.

Das einzige, was Marie an dieser Messe störte, war, dass Kolbmeyer neben ihr saß und ihr in den nicht vorhandenen Ausschnitt glotzte, wann immer er das Gefühl hatte, dass es niemand sah. Sie ertrug es, atmete aber spürbar auf, als der Gottesdienst endete und sie wieder ihren Mann an ihrer Seite hatte.

Anton wurde von den Gemeindemitgliedern zu seiner gelungenen ersten Predigt beglückwünscht. Die besorgten Fragen zum Gesundheitszustand seines Vaters beantwortete er vage. Es wären leichte Kreislaufprobleme, man müsse sich keine Sorgen machen. Er würde sicher bald wieder vorne stehen.

Marie glaubte einigen ansehen zu können, dass sie auf das Letztere gut verzichten konnten. Das könnte nur Wunschdenken sein, aber es war schwer zu glauben, dass es niemanden gab, dem unwohl in Arndts Nähe wurde.

5

Eine schlechte Nachricht warf ihre Pläne über den Haufen. Aus ihrer Sicht war es eine gute, denn es hieß, dass sie sich nicht die Finger schmutzig machen mussten.

Bei Arndt wurde nämlich Darmkrebs diagnostiziert.

Möglicherweise hatten sie ihm mit ihren kleinen Vergiftungsaktionen sogar einen Gefallen getan. Denn er war wegen seiner Herzprobleme zum Arzt gegangen, der ihn vorsichtshalber gründlich durchgecheckt hatte.

Die Heilungschancen waren gut, wie er betonte, als er bei ihnen zu Besuch war.

Marie, die jetzt im achten Monat war, hatte wenigstens eine Ausrede, warum sie ihn nicht während der Behandlung im

Krankenhaus besuchen können würde. Es blieb an Anton hängen, den besorgten Sohn zu spielen.

Arndt übte schon einmal die Rolle des gebrechlichen Vaters ein. Von heute auf morgen war er um zehn Jahre gealtert und stützte sich auf einen Gehstock. Es würde das Comeback umso dramatischer machen, dachte Marie, als sie ihn davontapsen sah.

Sie legte die Beine hoch. Verdammte Wassereinlagerungen.

„Es besteht die Möglichkeit, dass er bei der OP ins Gras beißt“, sagte sie, als Anton, der seinen Vater zur Tür gebracht hatte, sich zu ihr setzte. Sie waren allein, deswegen nahm sie kein Blatt vor den Mund.

„Gut möglich“, pflichtete er ihr bei.

„Sollen wir einfach der Natur ihren Lauf lassen?“

Marie hatte noch ein halbes Fläschchen mit dem Fingerhutsaft.

„Du meinst, Gott entscheiden lassen?“

„Würden Sie das als himmlisches Zeichen deuten, Herr Kardinal?“

Anton lächelte.

„Vorerst ist er außer Gefecht", sagte er. „Er wird dermaßen mit Selbstmitleid beschäftigt sein, dass er uns für die nächste Zeit nicht mehr auf die Nerven gehen kann."

„Also abwarten und Tee trinken."

„Aber bloß nicht seinen."

Sie wechselten schnell das Thema.

Während Arndt im Krankenhaus war, hatten sie Gelegenheit, mehr Zeit mit Gisela zu verbringen. Sie entwöhnten sie langsam von den Beruhigungsmitteln, von denen ihr Arndt zwei regelmäßig in Tablettenform gab und ein drittes bei Bedarf spritzte.

Marie bekam die Gelegenheit, ihre Schwiegermutter endlich kennenzulernen. Die erste Sache war, dass Gisela nicht gelähmt war, sondern auf einen Rollator gestützt laufen konnte. Die Medikamente verursachten als eine der vielen Nebenwirkungen Schwindel und für Arndt war es leichter gewesen, sie in einen Rollstuhl zu stecken, als ständig nachzusehen, ob sie gestürzt war.

Anton fand den Rollator in einer Abstellkammer. Nachdem er den Staub abgewischt hatte, sah das Teil aus wie neu. Damit konnte sie ein paar Schritte gehen, bevor sie sich erschöpft hinsetzen musste. Marie konnte dieses Problem mittlerweile gut nachvollziehen.

Gisela wurde geistig klarer und es war an Anton, ihr zu erklären, dass ihr Mann Krebs hatte und deshalb fort war. Sie seufzte und versprach für ihn zu beten.

Dass sie die Hochzeit verpasst hatte, nahm sie wesentlich schwerer auf. Anton versuchte sie damit zu trösten, dass sie auf jeden Fall bei der Taufe von Luise, wie sie beschlossen hatten ihr Kind zu nennen, dabei sein würde.

Frau Arndt musste sich zusätzlich erklären lassen, wen ihr Sohn da überhaupt geschwängert hatte.

„Ich bin Gerd Reinarts Tochter."

Marie vermutete, dass ihr der Name ihres Vater geläufiger war.

„Ach, du bist die mit der verrückten Mutter."

Frau Arndt schlug sich die Hände vor den Mund und sah schockiert Marie an. Die Medikamente hatten ihren Filter beeinträchtigt und es war schon herausgerutscht, bevor sie richtig darüber nachgedacht hatte.

„Genau", sagte Marie. Das wusste sie seit ihrer Kindheit.

„Hattest du viel Kontakt mit ihr gehabt?", wollte sie wissen.

„Du und Anton haben viel gespielt, da redet man miteinander."

„Wie war sie so?"

Frau Arndt sah ihren Sohn an, der die Achseln zuckte. Sie sah es als Aufforderung, ehrlich zu sein.

„Sie zeigte manchmal auf meine Sonnenblumen und fragte mich, warum sie sie auslachen."

Teile der Tagebucheinträge könnten also halluziniert sein.

„Hat sie jemals eine Nachbarin erwähnt, die sie belästigt hat?"

„Oh ja. Christine. Die arme war auch völlig daneben. Sie hat mir erzählt, sie hätte einen Tunnel im Keller. Wenn die Teufel kamen, würde sie darin zur Hölle hinunterkriechen, weil sie dann leer wäre."

„Anton hat mir erzählt, dass sie dafür bestraft wurde, dass sie fremdgegangen ist und deshalb so geworden ist."

„Nein." Frau Arndt haute Anton leicht auf den Arm. „Du darfst nicht alles glauben, was dir die anderen Kinder erzählt haben. Christine war nie verheiratet, weil sie schon immer so war. Als wir noch zur Schule gingen, hat sie Katzen die Haare ausgerissen. Wir anderen Mädchen wollten nicht mit ihr spielen, weil sie anfing zu schreien und sich kratzte."

„Haben ihre Eltern nie Hilfe geholt?"

„Kardinal Wilhelm hat einen Exorzismus an ihr versucht. Das hat aber nichts geändert."

„Und niemand hat etwas getan?"

„Es hieß, dass ihre Mutter mit einem Dämon geschlafen hatte, und sie deswegen so ist."

Marie ersparte sich die Nachfrage, wie man so etwas glauben konnte.

6

Arndt kehrte nach zwei Wochen heim und sah, was sie angerichtet hatten.

Er machte gute Miene zum bösen Spiel, weil Giselas neugewonnene Mobilität bedeutete, dass sie sich besser um ihn kümmern konnte. Während er im Bett lag und sich von der Operation erholte, die ihn ein Stück seines Darmes gekostet hatte, schickte er sie ständig auf Botengänge.

Gisela meckerte nicht herum. Die Vorstellung bald Groß-mutter zu sein, hielt sie bei Laune.

Arndt bekam viel Besuch von seinen Schäfchen, die Essen mitbrachten und Gisela eine Verschnaufpause verschafften, wenn sie eifrig aufsprangen, sobald der Kardinal auch nur an-deutete, er könnte etwas brauchen.

Marie und Anton ließen sich ebenfalls blicken, wobei Marie genervt Hände wegschob, die sie unentwegt betatschen wollten.

In einem rührseligen Moment, als sie allein waren, ergriff Arndt ihre Hand.

„Wirst du gut auf unsere Familie aufpassen?", fragte er sie mit zittriger Stimme.

„Natürlich, Vater."

Innerlich rollte sie mit den Augen. Er lag nicht auf seinem Totenbett und sie ging jede Wette ein, dass es ihm besser ging, als er zeigen wollte.

„Falls ich vorher sterbe, versprich mir, dass ihr euren Sohn nach mir nennen werdet."

„Selbstverständlich."

Marie tätschelte seine knochige Hand. In seinem Weltbild schien es nicht von Bedeutung zu sein, dass Marie gerade ein Mädchen in sich trug. Luise konnte nicht Kardinal werden, das wusste sie ebenfalls. Das derzeitige Klima in der Gemeinde würde eine derart große Reform fürs Erste nicht erlauben.

Sie hatte bereits mit Anton darüber gesprochen, für den Fall, dass ihr zweites Kind ein weiteres Mädchen sein würde. Ein drittes Kind wäre grenzwertig, da es der Grundidee des Verzichts auf übertriebenen Konsum widersprach. Trotzdem würde Anton als Kardinal notfalls damit durchkommen können.

Auf langer Sicht würden sie versuchen, die Regeln aufzuweichen. Es musste unmerklich geschehen, damit Männer wie Kolbmeyer, der gerade hereinkam um Arndt seinen täglichen Besuch abzustatten, nur spät mitbekamen, wie ihre Macht unter ihnen wegbröckelte.

Sie stand schwerfällig auf und ging langsam aus dem Zimmer, deswegen hörte sie noch, wie Kolbmeyer sich dafür entschuldigte, dass er und Dorothea in nächster Zeit nicht vorbeikommen könnten, weil sie geschäftlich verreisten. Marie schätzte, dass Dorothea ihn begleiten wollte, weil sie Angst hatte, dass ihr Mann sie betrügen würde.

7

Arndt hatte ihre Überwachung vollständig abgeblasen. Eine Flucht mit einer Hochschwangeren traute nicht einmal er seinem Sohn zu. So konnte Anton eines Nachts bei den Kolbmeyers einbrechen, nachdem sie weggefahren waren.

Voll vermummt, falls es Kameras gab, hebelte er das Kellerfenster auf, durch das er sich zwängte. Alarmanlagen waren verpönt. Gott war die beste Einbruchssicherung.

Er war hier mit dem Segen des jüngeren Bruders, Stefan Kolbmeyer, der sich immer noch um seinen Erbteil betrogen fühlte, und den älteren gern von seinem Thron stoßen würde.

In den Kaffeepausen hatte Anton seinen Unmut gegenüber seinem Chef geäußert, dass Klaus Marie mit seinen Blicken auszog. Und warum sein Vater so jemanden für seinen besten Freund hielt, konnte er beim besten Willen nicht nachvollziehen.

Stefan war darauf angesprungen. Er hatte seit Ewigkeiten das Gefühl, dass der Kardinal seinem Bruder zu viel durchgehen ließ. Wenn er nur einen Beweis hätte, um der Gemeinde Klaus' wahres Gesicht zu zeigen.

Anton hatte ihm nicht gesagt, dass er vorhatte hier ein-
zusteigen. Er war öfters zu Besuch, wenn sein Vater ihn zu
Unterredungen hierher schleifte. Kolbmeyer hatte ihn jedoch
nie allein gelassen, um herumschnüffeln zu können. Es war
dennoch eine plausible Erklärung für Stefan, falls er etwas
Verwertbares fand.

Er betrat das Erdgeschoss und ging ins Arbeitszimmer. Mit
einer kleinen Taschenlampe, deren schwacher Lichtkegel
kaum Aufmerksamkeit auf sich ziehen würde, durchsuchte er
die Schubladen und Aktenschränke. Er überflog die Schrift-
stücke, die alle mit Kolbmeyers Anwaltstätigkeit zu tun hatten.
Ihm fehlte das nötige Fachwissen, um ungewöhnliche
Aktivitäten darin zu finden, also blätterte er sie nur durch.

Er sah auf seine Armbanduhr: fünf nach Mitternacht. Wenn
er in vier Stunden nichts fand, würde er Kolbmeyer ein paar
Hardcore-Pornos auf den Rechner kopieren, die Marie netter-
weise für ihn aus dem Internet über ein Smartphone herunter-
geladen hatte. Sie hatten die Dateien auf einen USB-Stick
gespeichert und das Handy weggeschmissen. Der glückliche
Finder konnte sich über ein nagelneues Telefon und fünf Euro
Guthaben freuen.

Trotz dieses Plan B glaubte Anton, dass Kolbmeyer irgendetwas hier hatte.

Menschen wie er bewahrten ihre schmutzigen Geheimnisse in ihrer Nähe auf. Übrigens ein toller Satz für eine Predigt.

Zuletzt nahm er sich den Computer vor. Er verlegte die Kabel zum Monitor neu, damit er ihn auf den Boden stellen konnte, wo sein Lichtschein nicht durch die Vorhänge dringen würde. Hoffte Anton zumindest.

Er fuhr den Rechner hoch und wurde gleich auf Kolbmeyers Benutzerkonto angemeldet. Die darauf gespeicherten Dateien waren weitere Anwaltsdokumente, durch die er sich klickte. Ein nicht enden wollender Pfad an Ordnern führte ihn schließlich zu mehreren Videodateien.

Entweder war es Kolbmeyers Unwissen oder Arroganz, die ihn daran gehindert hatten, die Dateien mit einem Passwort zu versehen.

Anton senkte die Lautstärke und klickte auf ein Video.

Der Videoplayer öffnete sich und Kolbmeyer war mit einer jungen Frau zu sehen, die er von hinten nahm. Sie sah nicht wie Dorothea aus oder wie eine der anderen aus ihrer Gemeinde, worüber Anton froh war. Er wollte ausschließlich Klaus bloßstellen – der gut zu erkennen war. Zu gut, wie er irritiert feststellte. Der Mann war bestückt wie ein Zuchthengst.

Die anderen Videos enthielten ähnliche Schweinereien. Er vermutete, dass es sich bei den Frauen um Prostituierte handelte, alle erschreckend jung. Anton hatte, während er auf der Straße gelebt hatte, einige Ausreißerinnen in seinem Alter getroffen, die sich verkauft hatten, um sich eine warme Mahlzeit oder Drogen zu finanzieren. Kolbmeyer schien genau solche Mädchen aufgegabelt zu haben. Für mehr Geld hatten sich bestimmt auch einige filmen lassen, denn manchmal schauten sie ihn mit ihren leeren Augen direkt an.

Wenn Stefan „zufällig" bei einem Besuch einen dieser Filme anklickte, konnte nichts schieflaufen. Hier war jeder Schuss ein Treffer.

Anton erstellte eine Verknüpfung, die er in einem Ordner abspeicherte, in den Klaus seit zwei Jahren nicht mehr hineingeschaut hatte, damit Stefan schnell auf die Dateien zugreifen konnte. Er überlegte, ob er gleich den Videoplayer auf Vollbild umstellen sollte, was ihm dann doch zu riskant war. Ein simpler Doppelklick auf das Video würde reichen und er riskierte nicht, dass Kolbmeyer merkte, dass jemand an seinem Rechner gewesen war.

Er brachte alles andere in seinen Urzustand zurück und ging nach Hause.

8

Luise kam einen Tag vor Heiligabend zur Welt. Sie war eine komplikationslose Hausgeburt, bei der Klaras Mutter, Frau Kahl, und eine Hebamme namens Susanne assistierten. Das Krankenhaus wäre durchaus erlaubt gewesen, Marie hatte dies aber vorgezogen.

Anton wurde leicht kalkig im Gesicht, als er die blutigen Laken und Handtücher sah. Das augenscheinliche Massaker, das stattgefunden haben musste, passte nicht so ganz zu Maries erschöpftem und gleichzeitig glücklichem Gesicht und zu seiner friedlich schlafenden Tochter, die auf ihrer Brust ruhte.

Da das Schlafzimmer nicht genug Platz für seine Anwesenheit geboten hätte, hatte er im Wohnzimmer gewartet, und nervös den Geräuschen gelauscht. Er hatte Marie ein paar Mal stöhnen gehört, bevor Stille eingesetzt hatte, und befürchtet, dass sie gestorben war. Ein paar Augenblicke später hatte ihn die Hebamme informiert, dass seine Tochter da war.

Anton setzte sich aufs Bett neben Marie, die erfreulicherweise am Leben war, und streichelte behutsam über Luises Hand, die noch mit allerlei Körperflüssigkeiten bedeckt war.

„Ist sie gesund?", fragte er. „Sie sieht so komisch aus."

Die Hebamme, die gerade die blutigen Laken und Tücher aufsammelte, fing an zu lachen.

„Keine Sorge, das wird noch", versicherte sie ihm, bevor sie den Stapel Wäsche herausschaffte.

„Alles okay", bestätigte Dr. Kahl mit ihrer rauchigen Stimme. „Wir warten noch auf die Nachgeburt."

Anton war froh, dass er bei den Frauenarztterminen dabei gewesen war und sich ein wenig Wissen nebenher angelesen hatte, ansonsten hätte er sich jetzt blamiert und gefragt, ob er Vater von Zwillingen wurde.

Er durfte Luise halten, während Marie noch die Plazenta loswurde, ein gräulicher Klumpen, an dem eine blasse Schnur hing. Der Anblick dieses unförmigen Dinges, das aus ihr herauskam, würde ihn später in seinen Träumen verfolgen, noch schlimmer als das Blut.

Dr. Kahl legte die Plazenta in eine flache Schüssel und prüfte sie auf Vollständigkeit. „Auch alles okay ... Susanne wird euch den Rest erklären. Sollte es zu stärkeren Blutungen kommen, ruft einen Krankenwagen."

Sie ging ins Bad um sich die Hände zu waschen, bevor sie ihre Instrumente zusammenpackte und sich verabschiedete.

Susanne blieb zwei Stunden bei ihnen. Sie half Marie beim ersten Stillversuch, auf den Luise keinen Bock hatte, zeigte ihnen noch einmal, wie man eine Windel anlegte, und betonte, dass solange Maries Ausfluss nicht klar war, sie Sex vergessen konnten. Wenn sie sicher sein wollten, konnten sie sechs Wochen warten, aber wie sie ihnen zwinkernd verriet, hatten die meisten Eltern andere Dinge im Kopf.

Zum Schluss tastete sie erneut Maries sonderbar leer wirkenden Bauch ab und meinte, dass sich soweit alles normal anfühlte.

„Ich komme morgen noch einmal vorbei, um nach euch zu sehen."

Sie legte Maries Mutterpass, den Dr. Kahl ausgefüllt hatte, auf den Nachttisch und ging.

„Was jetzt? Soll ich meinen Eltern Bescheid sagen?", fragte Anton.

Marie verzog das Gesicht.

„Bitte nicht. Können wir nicht einen Tag haben, ohne dass der Alte einem die Laune vermiest?"

Sie legte den Kopf auf Antons Schulter.

„Gut. Ich geh morgen rüber und sag ihnen, dass sie kurz auf einen Kaffee vorbeikommen können", sagte er.

Er wusste, dass sein Vater das „kurz" nur hören würde, wenn er Lust dazu hatte. Da war immer noch die Möglichkeit, dass er den rücksichtsvollen Großvater spielen wollte und für wenigstens ein paar Tage auf ihre Wünsche hörte.

Anton stand in aller Herrgottsfrühe auf, um den Weg von Schnee zu befreien. Er räumte gleich den kompletten Abschnitt bis zum Haus seiner Eltern frei, wenn er schon einmal dabei war, und ging heim.

Er bereitete Frühstück vor, das er Marie ans Bett brachte, sobald sie wach war.

„Feiern wir eigentlich Weihnachten?", fragte sie ihn zwischen zwei Bissen Toast.

„Wenn du möchtest."

Anton spielte mit Luises Händen, die seine Finger fest umgriffen, wenn er sie in ihre Handflächen legte. Noch schlief sie die meiste Zeit.

Marie sah ihn misstrauisch an.

„So richtig mit Geschenken und einem Baum?"

„Das nun gerade nicht. Mehr eine Stille Andacht."

Marie stöhnte und verdrehte die Augen.

Susanne kam um neun vorbei, sah, dass alles in Ordnung war, und dampfte wieder ab. Nicht ohne Marie zu sagen, dass ständiges im Bett liegen ihrer Rückbildung nicht förderlich war.

Anton brachte seine Eltern herüber und Luise wurde herumgereicht. Frau Arndt behielt sie während des gesamten Besuchs auf dem Schoß, was Marie ein wenig ärgerte. Arndt warf einen Blick auf das Kind, sagte, dass es gesund aussah, und fragte Anton nach der Tauffeier.

„Wir hatten überlegt, die Feier bei den Kolbmeyers zu veranstalten", sagte Anton. „Ihr Haus ist größer und das wäre eine gute Gelegenheit unsere Familien näher zusammenzubringen."

Arndt kratzte sich am Kinn, wo er ein paar Stoppeln übersehen hatte.

„Klaus kommt erst in einer Woche wieder zurück", gab er zu bedenken.

„Das stört uns nicht", sagte Marie schnell.

„Ich werde mit ihm darüber sprechen, wenn er zurück ist", sagte Arndt.

Luise wurde vier Tage später bei der nächsten Messe getauft. Arndt hielt die Predigt kurz, was ihnen recht war. Die Glückwünsche der anderen zur Geburt seiner Enkelin nahm er aber stundenlang gern entgegen.

Marie und Anton sagten allen, dass die spätere Tauffeier bei den Kolbmeyers stattfinden würde, bewusst darauf verzichtend, zu erwähnen, dass sie diese noch nicht gefragt hatten. Sie stellten sicher, Gemeindemitglieder einzuladen, die einen großen Freundeskreis hatten. Diese würden die Lautsprecher ihrer Schmierkampagne sein.

Nach seiner Rückkehr würde der Herr Anwalt in Zugzwang kommen. Entweder sie als Lügner oder sich als Mann leerer Versprechen darzustellen, war eine Zwickmühle, aus der er sich nicht unbeschadet befreien konnte.

9

Kolbmeyer erklärte sich bereit, Gastgeber zu sein, als er nach seiner Heimkehr von den ersten Leuten angesprochen wurde.

Sein Bruder Stefan, mit dem er jahrelang kaum gesprochen hatte, war auch noch eingeladen, was er zähneknirschend hinnahm. Er hatte dem Landstreicher Arbeit gegeben, der Kardinal wollte das honorieren.

Die nächsten zwei Tage waren für die Kolbmeyers stressig. Sie mussten auspacken, sich um Jonathan kümmern und jetzt auch noch innerhalb von zwei Tagen eine Tauffeier für das Balg eines Penners und seiner Dirne organisieren.

Freiwillige Helfer, die sich in Scharen gemeldet hatten, liefen durch die Zimmer, um alles vorzubereiten und bald würden noch mehr das Haus füllen. Sie rechneten mit dreißig bis vierzig Gästen.

Tatsächlich kamen *nur* fünfundzwanzig.

Stefan Kolbmeyer wusste, was er zu tun hatte. Anton hatte ihm von den Videos erzählt, die er auf Klaus' Rechner gefunden hatte, als er gefragt hatte, ob er diesen kurz nutzen dürfte.

Er tat dasselbe.

„Klaus, ich hab ganz vergessen, dass ich noch eine dringende geschäftliche Mail beantworten muss. Kann ich ganz kurz an deinen Computer?"

Sie waren von Menschen umgeben. Klaus wollte nicht den Schein erwecken, er hätte etwas zu verbergen.

„Na gut."

Er wollte Stefan folgen, als Marie, die sich besonders hübsch gemacht hatte, ihn am Arm berührte und fragte, ob er kurz mit ihr mitkommen könnte.

Das rote Kleid, das sie trug, kaschierte perfekt, dass sie vor Kurzem ein Kind bekommen hatte. Und wie sie ihn mit ihren langen Wimpern anklimperte ... Sie konnte gar nicht erwarten, etwas Größeres als einen Landstreicherpinsel in sich zu spüren.

Sie gingen zum Schlafzimmer, wobei Klaus ganz seinen Bruder vergessen hatte, weil er nur daran denken konnte, seine Hände in ihre dunkelbraune Mähne zu krallen, während er ihr seinen Schwanz in den Mund rammte.

Der Kardinal hatte ihm ohnehin versprochen, dass er sie begatten durfte, wenn ihr Ehemann es nicht schaffte.

Na gut, das hatte er. Aber dabei war nur ein Mädchen herausgekommen.

Marie kam vor der Schlafzimmertür an und legte eine spontane Kehrtwende ein, als hätte die Tür sie abgestoßen.

Er packte sie am Arm.

„Was soll das?", zischte er.

„Fass meine Frau nicht an!"

Anton, der aus dem Nichts erschienen war, stieß ihn mit einer erstaunlichen Kraft von ihr weg.

Kolbmeyer prallte mit dem Rücken gegen die Wand.

Die beiden Männer fixierten einander.

Sollte Klaus eine Prügelei anfangen, war Anton bereit, ihm seine persönliche Interpretation des Alten Testaments zu predigen. Manchmal sagten zwei Fäuste mehr als tausend Worte.

Kolbmeyer schreckte auf, als ein Knacken zu hören war.

Seine Stimme, durch die teuren Lautsprecher glasklar verstärkt, schallte durch das Haus:

„BLAS MEINEN SCHWANZ!"

Er rappelte sich auf und lief zum Arbeitszimmer, wo sich bereits eine Menschentraube gesammelt hatte. Sie versperrten ihm den Weg, also stieß er ein paar der schockierten Gäste zur Seite, um an seinen Computer zu kommen. Nicht, dass es noch etwas gebracht hätte. Genug hatten es gesehen und der Rest der Gemeinde würde es spätestens morgen erfahren.

Stefan Kolbmeyer musste seinen Schock nicht vortäuschen. Anton hatte ihm gesagt, dass es moralisch fragwürdige Videos waren. Trotz dieser Warnung hätte er sich in seinen kühnsten Träumen nicht ausmalen können, was dort über den Bildschirm flimmerte. Es war widerlich.

Klaus schloss das Video und drehte sich um. Er sah in abweisende, verurteilende Gesichter. Das war's. Er war erledigt. Keiner von ihnen würde je wieder mit ihm sprechen wollen.

Die Leute machten Platz für den Kardinal.

„Was war das?", fragte Arndt.

Er konnte sich sehr gut vorstellen, was es gewesen war. Für die Gemeinde spielte er jedoch den Ahnungslosen.

„Herr Kardinal, das müssen sie unbedingt sehen."

Stefan machte Anstalten, seinen Bruder zur Seite zu drängen, um die Filmdatei wieder zu öffnen.

Arndt ging zur Tür, um die Schaulustigen zu vertreiben. Es waren zu viele für jegliche Versuche der Schadensbegrenzung. Was genau es auch war, Klaus würde die vollen Konsequenzen für sein Handeln tragen müssen. Er schloss die Tür.

Gisela, die mit Luise im Schoß im Wohnzimmer gesessen hatte und nicht wie die anderen der Geräuschquelle gefolgt war, sah Anton und Marie an, die zu ihr kamen. Da sie beide wussten, was die Aufregung unter ihren Gästen verursacht hatte, wollten sie erst nach ihrer Tochter sehen.

„Habt ihr das auch gehört?", fragte Gisela aufgebracht.

„Haben wir", bestätigte Anton.

„Anton!", rief Max, der mit Luzia ins Wohnzimmer kam. „Du glaubst gar nicht, was Kolbmeyer auf seinem Computer hat."

Nach ihm strömten weitere Gäste in den Raum, die sich in gedämpften Stimmen unterhielten. Aus der Tauffeier war eine Totenwache geworden.

Viele wandten sich an Anton, weil sie das Gesehene nicht einordnen konnten. Der Sohn des Kardinals war die einzige geistige Führung, die sie in diesem Moment hatten.

Er hörte sich dieselbe Geschichte aus dutzenden Mündern an und spendete Trost, während Marie diejenigen verabschiedete, die nicht länger dableiben wollten. Manche entschuldigten sich bei ihr, dass sie erst einmal nach Hause mussten, um den Schock zu verarbeiten. Sie zeigte sich verständnisvoll und freute sich heimlich über jeden, der ging. So würde sich die Neuigkeit schneller verbreiten.

Es waren noch ein Dutzend Gäste da, als Arndt ins Wohnzimmer kam. Gefolgt von Stefan Kolbmeyer, dem man immer noch die Erschütterung ansehen konnte. Klaus und Dorothea trauten sich nicht, ihnen gegenüberzutreten.

„Das, was passiert ist, ist tragisch", sagte Arndt. „Ich werde mich um alles Weitere kümmern und ich möchte, dass ihr nach Hause geht."

Es waren zu wenige da, dass es etwas bringen würde, sie zu bitten, nicht darüber zu reden. Die nächste Messe würde schwer werden.

Die restlichen Gäste gingen und er war allein mit seiner Familie.

„Ihr solltet auch gehen", wies er sie an. „Ich muss mit Klaus und Dorothea allein sprechen."

Marie nahm Luise und Anton half seiner Mutter beim Aufstehen.

Arndt sah Anton hinterher. Er konnte den Verdacht nicht abschütteln, dass sein Sohn etwas damit zu tun hatte. Es war zu perfekt. Doch er konnte nicht glauben, dass der kleine Junge, der früher unter dem leichtesten Druck zusammengebrochen war, so etwas eingefädelt haben könnte. War es Marie? Hatte er sie unterschätzt? Beide?

Nein. Außerdem, niemand hatte Klaus gezwungen, solche Videos aufzunehmen. Dieser Trottel.

Klara besuchte Marie am Abend. Sie hatte den Vormittag über im Krankenhaus gearbeitet, obwohl sie gerne zur Feier gekommen wäre. Den Skandal des Jahrhunderts hatte sie brühwarm in ihrer Pause von ihrer Mutter gehört, die extra auf der Station angerufen hatte. Marie hatte Dr. Kahl eingeladen, weil sie sie dabei haben wollte. Dass sie mit ihren Patienten darüber schnacken würde, war ein Bonus.

„Ich will Details", forderte Klara, die mit ihnen zu Abend aß. „Was hat man gesehen?"

„Also ich hab's nicht gesehen", sagte Marie.

Anton hatte ihr nach dem Einbruch eine grobe Zusammenfassung gegeben, die ihr vollkommen gereicht hatte.

„Er hatte anscheinend Sex mit Prostituierten", sagte Anton. „Wie geht es deiner Schwester?"

„Meine Mutter hat versucht mit ihr zu reden, aber sie macht die Tür nicht auf."

Klara, die ihre Schwester von klein auf für eine Nervensäge hielt, zeigte Mitleid.

„Was wird jetzt mit Klaus und ihr passieren?", fragte sie.

„Das hängt von meinem Vater ab", antwortete Anton. „Er wird seine angemessene Strafe bekommen. Mit Dorothea wird nichts geschehen, sie hat ja nichts gemacht."

„Mitgehangen, mitgefangen", sagte Klara. „Wie soll so was nicht auch auf sie zurückfallen?" Sie beugte sich vor. „Kann sie sich scheiden lassen?"

Anton lehnte sich zurück und spielte mit seinem Wasserglas.

„Der Verstoß wäre schwer genug, hängt aber auch davon ab, ob mein Vater es gestattet und ob Dorothea will."

„Ich habe nie verstanden, was sie in ihm gesehen hat", sagte Klara. „Ich dachte immer, sie sucht sich einen Netten in ihrem Alter, den sie unterbuttern kann. Stattdessen hat sie sich diesem Perversen an den Hals geschmissen."

„Ihr solltet weiter versuchen mit ihr zu reden", sagte Marie.

Dorothea war Kollateralschaden, doch das hieß nicht, dass sie wie ihr Mann die kollektive kalte Schulter verdient hatte.

„Wie denn, wenn sie nicht will?"

Darauf wusste Marie keine Antwort. Im Haus der Kolbmeyers herrschte bestimmt Chaos und sie befürchtete, dass Dorothea gerade den gesamten Frust ihres Mannes abbekam.

Schlimmer noch, er könnte versuchen, seine Familie auszu-löschen, weil die Schande zu groß zum Weiterleben war.

Waren sie zu weit gegangen?

Arndt würde versuchen, die Wogen zu glätten. Hauptsäch-lich um sein eigenes Ansehen zu schützen und er würde sogar vielleicht einen Weg finden, seinen Freund glimpflich davon-kommen zu lassen. Sollte er Kolbmeyer allerdings fallen lassen wie eine heiße Kartoffel, würde den Mann nichts mehr halten.

10

Klaus dachte nicht an Selbstmord. Der Kardinal hatte lange mit ihm gesprochen und sie waren zu dem Schluss gekommen, dass er seine Sünden vor der Gemeinde eingestehen musste. Sie hatten eine gemeinsame Strategie ausgearbeitet, mit der er die Sympathie der anderen gewinnen konnte.

Er würde zusammen mit Dorothea nach vorne treten. Nachdem Klaus den Sex mit der Frau zugeben hatte, wobei er behaupten würde, dass sie ihn verführt und er sie auf keinen Fall bezahlt hatte, würde Dorothea gestehen, dass sie ihn dazu angestiftet hatte.

Dorothea gefiel nicht, dass sie lügen sollte. Doch die beiden Männer redeten solange auf sie ein, bis sie einsah, dass die Ehre ihres Mannes mehr wert war als ihre eigene. Ohne seine schützende Hand würde man Jonathan behandeln wie einen Aussätzigen und das konnte sie als gute Mutter doch nicht wollen?

Der Anwalt und der Psychiater pflanzten Bilder in ihren Kopf, in denen sie nachts aus dem Dorf vertrieben wurden und betteln mussten. Alles wegen eines einzigen kleines Fehltritts. Ihrer Familie zuliebe musste sie die Schuld auf sich nehmen.

Arndt plante in seiner Predigt über Menschen zu sprechen, die die Liebe und das Vertrauen ihrer Mitmenschen ausnutzten, um sie zu Untaten anzustiften. Er würde noch einmal an den Bürgermeister erinnern, der dasselbe bereits versucht hatte. Die Welt war voller Schlangen, die einem vergiftete Äpfel anbieten wollten.

Für Kolbmeyer war dies lediglich eine weitere Gerichtsverhandlung, die es zu gewinnen galt. Wie schwer war das, wenn man den Richter schon auf seiner Seite hatte? Er musste nur die Geschworenen davon überzeugen, dem Richter Recht zu geben.

11

Die nächste Messe fand in vier Tagen statt, was genug Zeit war, damit die Gerüchteküche richtig am Brodeln war. Eine Frau in Maries Handarbeitsgruppe erzählte, dass sie gehört hätte, dass Kolbmeyer Frauen dafür bezahlt habe, dass sie sich auf ihm erleichtern. Dies hatte die Fantasie der anderen beflügelt und immer abstruser werdende Geschichten zur Folge gehabt. Marie hatte einfach nur zugehört und sich innerlich kaputtgelacht.

Jetzt saß sie mit Luise neben Anton und sah zu, wie die Kirche sich füllte.

Für gewöhnlich kam die Gemeinde nie vollzählig zu den Messen. Niemand wurde schief angeschaut, wenn man ein- oder zweimal im Jahr fehlte. Doch dieses Mal gab es keine Ausrede. Sie alle kannten Klaus Kolbmeyer und hatten sich bereits ihre Meinung über ihn gebildet. Wie viele ihre geändert hatten oder nach der heutigen Messe ändern würden, war noch unklar.

Gisela nahm ebenfalls an dieser Messe teil. Die Aufmerksamkeit, die ihre körperliche Verbesserung auf sich zog, war ihr unangenehm. Am liebsten wäre sie in Ruhe gelassen worden. Es war das, was sie an der Ehe zu einem Kardinal am meisten störte.

Die Kolbmeyers saßen neben Anton. Sie hatten den Blick gesenkt. Jonathan, der jetzt ein halbes Jahr alt war, saß auf dem Schoß seiner Mutter und quengelte, was sie ignorierte.

Der Geräuschpegel schwoll schlagartig ab, als der Kardinal sich vor die Gemeinde stellte.

Anton hörte die Predigt und wusste, worauf sein Vater hinauswollte. Er warf Dorothea einen Seitenblick zu, die aussah, als würde sie gleich in Ohnmacht fallen. Sie war bleich und ihre Finger nestelten unentwegt an Jonathans Strickjacke, während ihre Lippen stumm Worte nachformten, als würde sie etwas auswendig lernen.

Als Arndt seine Predigt beendet hatte, standen sie unaufgefordert auf. Dorothea hielt ihr Kind, unschlüssig, ob sie ihn mit nach vorne nehmen sollte oder nicht. Klara, die sich in die Reihe hinter ihr gesetzt hatte, stand auf und streckte die Arme aus. Sie nahm ihrer kleinen Schwester das Kind ab und setzte sich wieder.

Die Kolbmeyers zogen die Bußgewänder an und gingen mit den Rohrstöcken nach vorne. Marie zupfte an Antons Ärmel, um seine Aufmerksamkeit zu bekommen. Sie riss die Augen auf und schaute kurz in Dorotheas Richtung ohne den Kopf zu drehen. Anton nahm ihre Hand und drückte sie. Er wollte ihr vermitteln, dass er sich darum kümmern würde.

Klaus beichtete, dass er der Versuchung einer sündigen Frau nachgegeben hätte und mit ihr geschlafen hatte.

Arndt sprach davon, dass die besonders Reinen am stärksten in Versuchung geführt würden und dass jeder einmal strauchelt. Dass es ein Zeichen einer starken Gemeinschaft wäre, jemanden, der fiel, aufzufangen. Er ordnete Dorothea an, ihrem Mann einundzwanzig Stockschläge zu geben.

Dorothea traute sich kaum zuzuschlagen. Manche Schläge ähnelten eher einem freundlichen Rückenpatscher.

Schließlich senkte sie ihren Arm und Arndt fragte sie nach ihren Sünden.

Beim ersten Mal war Dorotheas Stimme ein Murmeln und Arndt unterbrach sie, um sie aufzufordern, lauter zu sprechen. Klaus und er hatten beschlossen ihre „Sünde" auszuweiten.

„Ich habe eine Affäre mit dem Bürgermeister."

Dorotheas Stimme brach am Ende des Satzes.

Marie konnte hinter sich hören, wie die Gemeinde wie ein einziger Körper nach Luft schnappte.

„Ich habe mich meinem Ehemann verweigert", fuhr sie mit tränennassen Wangen fort, „und ich habe ihm gesagt, er solle sich eine andere suchen." Sie schlug die Hände vors Gesicht. Ihr Schluchzen war das einzige, was zu hören war.

Arndt ließ sich davon nicht erweichen. Sein versöhnlicher Tonfall wurde scharf, was in Anton wieder Erinnerungen an seine Kindheit auslösten.

Der Kardinal zeigte mit dem Finger auf sie. „*Du* bist die Schlange in unserer Mitte. Du hast die Liebe deines Mannes mit Füßen getreten und sein Herz gebrochen. Jeder würde sündigen, wenn er solch ein Teufelsweib zur Frau hat."

„Es tut mir leid", wimmerte Dorothea. „Bitte läutert mich!"

Anton stand auf, ging auf Kolbmeyer zu und riss ihm den Rohrstock aus der Hand, bevor dieser ihn benutzen konnte.

Klaus wich zurück, beherrscht von der Angst, dass es jetzt echte Schläge geben würde. In Antons Augen loderte eine Wut heißer als jedes Höllenfeuer.

Der Rohrstock zerbrach, als Anton ihn durchbog. Die gute Akustik der Kirche verstärkte das Geräusch, sodass auch die hinteren Reihen es klar und deutlich hören konnten.

„Ein Hurenbock – und Lügner – kann niemanden läutern", donnerte Anton und warf die Bruchstücke Kolbmeyer vor die Brust. Sie prallten ab und landeten auf dem Boden. Nach Hilfe suchend sah Klaus zum Kardinal.

So war das nicht geplant gewesen.

Arndt wollte seinen Sohn zurechtweisen, ihn zurück auf die Bank schicken wie ein störrisches Kind. Aber Anton ließ sich das nicht gefallen. Diesmal nicht.

Noch ehe er ein vollständiges Wort herausbrachte, würgte sein Sohn ihn ab. Die kräftige, selbstbewusste Stimme, mit der er sprach, machten ihm zu einem anderen Menschen, der Arndt fremd war. Das war nicht Anton.

„Was ist das für eine Gemeinde, in der sich die stärksten Männer hinter einer Frau verstecken?", fragte Anton die Versammelten. „In der Ehrlichkeit von uns verlangt wird und uns im selben Atemzug ins Gesicht gelogen wird?"

Oh, das war riskant, dachte Marie. Sie waren gerade einmal ein Jahr hier und dermaßen auf den Putz zu hauen ... Es könnte damit enden, dass sie gelyncht wurden. Aber wie Anton da stand ... Würde sie ihn nicht schon lieben, sie hätte glatt ein Kind von ihm gewollt.

„*Das* ..." Er zeigte auf Kolbmeyer, dem die Gesichtszüge entgleist waren. „Das soll ein reiner Mensch sein? Jemand, der sein Ehegelübde bricht, und dann seine Frau vorschiebt, damit sie ihm den Arsch rettet? Wenn jemand so schwach ist, dass er seine eigenen Sünden nicht tragen kann, dann ist er nicht rein. Das ist kein Vorbild für unsere Gemeinschaft. Wer zu so jemanden aufschaut, schaut in die Hölle. Und wer so jemanden verteidigt ..." Er sah seinen Vater an. „Verteidigt den Teufel."

Arndt brauchte einen Moment um sich zu sammeln.

Darum, wie er Anton für seine Respektlosigkeit bestrafen würde, würde er sich später kümmern. Die Gemeinde erwartete eine Antwort auf diese Anklage.

„Ich kann deinen Ärger verstehen und ich kann sehen, dass viele ihn teilen." Er sprach mit sanfter Stimme, was beschwichtigend klingen sollte. Stattdessen klang er herablassend. „Deswegen muss man aber nicht ausfallend werden."

Anton ging nicht darauf ein.

„Kann irgendjemand von euch bezeugen, dass Dorothea ihr Ehegelübde gebrochen hat?", fragte er die Gemeinde.

„Anton, sie hat doch gestanden", sagte Arndt.

„Warum sollen wir einer Frau glauben, die du eben gerade noch als Schlange und Teufelsweib beschimpft hast? Oder sagt das Teufelsweib die Wahrheit, weil der Rechtschaffene neben ihr lügt?"

„Wenn jemand seine Sünden beichtet, so müssen wir ihm glauben", versuchte Arndt ihn zu tadeln.

„Wir alle wissen, dass Dorothea für ihre Familie durchs Feuer gehen würde. Um ihre Familie zu schützen würde sie lügen, weil sie eine gute Ehefrau und Mutter sein will. Wir haben Beweise für Klaus' Sünden, aber für ihre? Die Aussage einer Frau, die Angst um ihre Familie hat, ist so wenig wert wie der Feigling, mit dem sie verheiratet ist."

Arndt sah in die Menge, die verunsichert wirkte. Hatten sie vorher Dorothea als Sündenbock akzeptiert, begannen sie sie nun als Opfer zu sehen. Anton war kurz davor, die Stimmung kippen zu lassen. Sollte er gegen den Strom anschwimmen oder den Fluss in günstigere Bahnen lenken?

Er entschied sich für Letzteres. Beim Schach musste man Bauern opfern, um das Spiel zu gewinnen.

Anton zwang sich stehen zu bleiben, als sein Vater mit ausgebreiteten Armen auf ihn zukam. Arndt umarmte ihn nicht, ansonsten hätte Anton ihn weggestoßen.

Der Kardinal packte die Arme seines Sohnes.

„Danke. Du hast mir die Augen geöffnet", rief er. Er sah Dorothea an.

„Dorothea, wir wissen alle, was für eine aufopferungsbereite Frau du bist. Die Lügen deines Mannes haben mich blind für die Wahrheit gemacht. Bitte zieh das Bußhemd aus und setz dich wieder."

Dorothea glotzte, als ob sie die Welt nicht mehr verstand. Gewissermaßen stimmte das auch. Hatte der Kardinal gerade einen Fehler zugegeben?

Sie zog das Gewand aus, brachte es mit dem Rohrstock zurück und nahm wieder Platz. Mit dem Ärmel ihrer Bluse wischte sie sich die Tränen von den Wangen. Marie hielt ihr eines von Luises noch sauberen Sabbertüchern, wie sie sie nannte, hin. Dorothea nahm es und presste es an ihr Gesicht. Klara reichte ihr von hinten Jonathan und sie umklammerte ihr Kind wie eine Schiffbrüchige eine Holzplanke. Ihre Schwester und ihre Mutter, die direkt hinter ihr saßen, rieben ihr tröstend über den Rücken.

Arndt adressierte seinen Sohn: „Wenn ich jemals an dir gezweifelt habe, so werde ich dies nicht länger tun. Eines Tages wirst du dieser Gemeinde ein guter Kardinal sein. Aber jetzt möchte ich, dass du dich setzt und mir die Angelegenheit überlässt."

Anton gehorchte. Sein Adrenalinvorrat war für heute aufgebraucht. Seine Hände zitterten, wie Marie spürte, als sie sie ergriff, und an seinem Hals pulsierten die Schlagadern. Er schaute sie dankbar an.

Nachdem er Anton von der Bühne geschafft hatte, wandte sich Arndt an seinen Freund.

„Anton hat Recht. Deine Frau als Schutzschild zu benutzen, ist schwach. Du wirst zwei Wochen in der Fastenzelle verbringen, um deinen Geist zu stärken und deine Seele zu läutern."

Marie wäre am liebsten aufgesprungen und hätte „Preiset den Herrn" gerufen, aber sie hatte keine Lust, Kolbmeyer im Erdloch Gesellschaft zu leisten. Sie begnügte sich damit, Anton gegen den Oberschenkel zu hauen. Ein Mistkerl weniger, der auf der Erdoberfläche wandelte.

Während Kolbmeyer neben ihm stand wie ein begossener Pudel, ging Arndt mit seiner Predigt in Runde zwei. Sie handelte davon, dass Freundschaft dort aufhörte, wo der eigene Arsch anfing, wenn Marie mal frei interpretieren durfte.

Es war genial von Anton gewesen, sich auf die Kolbmeyers zu konzentrieren, um seinem Vater ein Schlupfloch zu lassen. Es würde später Konsequenzen für sie haben, sicherlich, aber damit würden sie fertig.

Nach der Messe bedankten sich viele für Antons Einschreiten. Auch sie hatten das Gefühl gehabt, dass Kolbmeyer zu nachsichtig behandelt worden war und die arme Dorothea ...

Klara und Dr. Kahl waren besonders dankbar. Trotz der Schneise, die Klaus in ihrer Beziehung zu Dorothea hinterlassen hatte, hatte es ihnen das Herz zerrissen, sie so schutzlos dort stehen zu sehen. Dass er für zwei Wochen weg war, war eine Gelegenheit ihre Familienbande zu kitten.

„Ich erspare dir die Witze über religiöse Tischler, die sich schützend vor Frauen stellen", sagte Marie, als sie zu Hause waren.

Anton brach in Tränen aus. Eine öffentliche Demütigung durch seinen Vater wäre ihm lieber gewesen, als das, was er jetzt im stillen Kämmerchen ausbrüten würde. Er hatte die ganze Zeit in der Kirche darauf gewartet, dass sein Vater irgendetwas zu ihm sagen würde. Dass es ausgeblieben war, machte ihn fertig.

Marie, die Luise hielt, hatte nur einen freien Arm für eine Umarmung.

„Dein Vater kann uns nichts tun", sagte sie. „Er hat Angst vor dir."

Anton sah sie mit roten, tränenverhangenen Augen an. Im Moment war er alles - außer furchteinflößend.

„Du hast die Leute nach der Messe gehört. Sie haben's geliebt."

Er musste sich räuspern, bevor er etwas sagen konnte: „Das spielt keine Rolle."

„Doch tut es. Du hast die anderen auf deine Seite gezogen und er hat Schiss bekommen."

„Er wird's an meiner Mutter auslassen."

Daran hatte Marie auch schon gedacht.

„Deine Mutter würde nicht wegen häuslicher Gewalt vor der Polizei aussagen, oder?"

„Nie im Leben. Aber er kann nicht nur mit den Fäusten zuschlagen."

„Wir sehen morgen nach ihr. Notfalls haben wir immer noch den Fingerhutsaft oder wir geben ihm die Tabletten, mit denen er sie vollgestopft hat."

Anton wusste, dass es jetzt zu früh war, um nach seiner Mutter zu sehen. Da war die winzige Chance, dass die Wut seines Vaters einfach verrauchte. Das war früher passiert, auch wenn Anton nie verstanden hatte, was der Auslöser für diese plötzliche Milde war.

Kolbmeyer wurde gleich nach der Messe zur Fastenzelle gebracht. Über ihm wurde die Luke geschlossen und es wurde dunkel.

Hier hatte er viel Zeit über den Verrat seines besten Freundes nachzudenken.

Dorothea wusste nicht, was sie davon halten sollte, dass ihre Schwester und ihre Mutter sich so sehr um sie kümmerten. Wollten sie sich nur an ihrem Elend laben?

Sie hatte sich heimlich damit gebrüstet, dass sie einen Mann hatte. Ihre Schwester bekam keinen ab und ihre Mutter hatte ihren nicht halten können. Ihr Vater hatte seine Sachen gepackt, als Dorothea zwölf gewesen war, und war verschwunden. Ihre Mutter hatte nie den wahren Grund für seinen Weggang preisgegeben, aber Dorothea wusste, dass es daran lag, dass ihre Mutter zu viel arbeitete und keine gute Ehefrau gewesen war.

Klaus würde bald wiederkommen, sagte sie sich. Es war wie eine Geschäftsreise.

Und was hatte sich Anton eingebildet, die Entscheidungen des Kardinals anzuzweifeln?

Klara und Dr. Kahl sahen zu, wie Dorothea mechanisch Jonathan fütterte und den Abwasch machte. Sie vermuteten, dass sie gerade Zeugen eines psychischen Zusammenbruchs wurden. Dorothea in eine Klinik schleifen, wollten sie nun auch nicht. Vielleicht fing sie sich wieder, wenn sie etwas Zeit hatte, alles zu verarbeiten. Das Anschweigen und Ignorieren von ihrer Seite kannten sie noch von früher.

12

Anton und Marie wollten am nächsten Morgen mit Gisela spazieren gehen. Sie verwendeten den Rollstuhl, damit Gisela Luise halten, und sie auf den Kinderwagen verzichten konnten.

Gisela war gut gelaunt. Anton fiel ein Stein vom Herzen, als sie ihnen fröhlich die Tür geöffnet hatte.

Arndt war ebenfalls bester Stimmung. Er bedankte sich ein weiteres Mal bei Anton und hatte auch nichts dagegen, dass sie Gisela mitnahmen. Aus Höflichkeit boten sie ihm an, mitzukommen, was er ablehnte. Franz Degenbauer war verstorben und er müsse die Abschiedspredigt vorbereiten.

Anton fragte sich, ob es seinen Vater lange genug beschäftigen würde, um seine Rachepläne auf Eis oder gar ganz beiseite zu legen. Er hatte weiterhin das Gefühl, dass sich etwas zusammenbraute.

Marie versuchte Gisela unbemerkt auszufragen.

„Wie habt ihr geschlafen?", fragte sie harmlos seine Mutter.

„Och, ganz gut. Günther war natürlich ein wenig aufgebracht wegen Klaus. Wer hätte gedacht, dass er so ein Mensch ist."

„Ist er auf Anton sauer?", fragte Marie.

Gisela sah sich nach ihrem Sohn um, der den Rollstuhl schob und sagte: „Natürlich nicht! Wie könnte er auf dich böse sein, wenn du eine wehrlose Frau verteidigst?"

Anton konnte sich an Situationen erinnern, in denen genau das passiert war. Konnte sie sich nicht mehr an die Prügel erinnern, die er bezogen hatte, wenn er sich zwischen sie und seinen Vater gestellt hatte? Hatte seine Mutter bereits alles in ihrem Kopf umgeschrieben?

Er fragte sie nicht. Wenn sie glauben wollte, dass sein Vater so etwas wie Menschlichkeit in sich drin hatte, sollte sie das tun. Was brachte es alte Wunden aufzureißen? Solange sein Vater sie in Frieden ließ, war es in Ordnung.

Arndt hatte nicht wegen Klaus wach gelegen sondern wegen Anton.

Ja, er war wütend, weil sein Sohn ihn in aller Öffentlichkeit so angegangen hatte. Dann rief er sich die Gesichter der Leute in Erinnerung und er hatte seine Meinung geändert. Sie hatten seiner leidenschaftlichen Rede gebannt gelauscht. War es nicht das, was einen Kardinal ausmachte?

Er sollte Anton mit Nachsicht behandeln. Sein Sohn war noch jung und hatte ein schwaches Herz für schwache Frauen. Das Feuer der Jugend ...

Außerdem wäre es dumm diesem Feuer einen Dämpfer verpassen zu wollen und zu riskieren, dass er auf Abwehrhaltung ging. Er wäre leichter zu lenken, wenn er ihm vertraute.

Bedauerlich, dass Dorothea stumm wie ein Fisch geblieben war. Hätte sie den Mund aufgemacht, um ihren Ehemann zu verteidigen, wären Antons Worte vielleicht nicht auf so fruchtbaren Boden gefallen. Wenn er Zeit hatte, würde er ein ernsthaftes Gespräch mit ihr führen müssen.

Um Klaus würde er sich auch noch kümmern müssen, wenn er aus der Fastenzelle kam. Könnte er ihn doch für immer dort unten einsperren. Dann müsste er nicht mehr daran denken, wie viel Ärger er ihm bereitet hatte.

13

Bei Franz Degenbauers Beerdigung kam die komplette Gemeinde zusammen.

Marie fragte sich, was jemand denken musste, der jetzt zufällig an ihrem Friedhof vorbeikam. Dass das hier ein Staatsbegräbnis war?

Sie und Anton hatten Herrn Degenbauer vor seinem Tod einmal gesehen, weil der Fünfundneunzigjährige bettlägerig gewesen war und nicht mehr zu den Messen kommen konnte. Es war ein kurzer Besuch gewesen.

Herr Degenbauer war bereits schwer dement gewesen und hatte sich durch die Fremden in seinem Haus bedroht gefühlt. Seine ihn pflegende Tochter hatte versucht, ihm zu erklären, wer Anton war. Ihr Vater hatte etwas gemurmelt und ihre Hand weggestoßen, die sie auf seinen Arm gelegt hatte.

Die Degenbauers waren eine der kleineren Familien. De facto würde ihr Stammbaum mit dem Tod der Tochter enden, die kinderlos geblieben war und deren Mann vor drei Jahren an Krebs gestorben war.

Marie musste sich keine Sorgen darüber machen, dass sie vereinsamen würde. Frau Degenbauer hatte eine Gemeinde an zweihundert liebenswerten Sektenspinnern um sich, deren einsame Witwen sie bereits in ihren exklusiven Club aufgenommen hatten. Vermutlich würde sie später mit einer von ihnen zusammenziehen, um sich gegenseitig Gesellschaft leisten zu können.

Frau Degenbauer schniefte leise, als ihr Vater, der in einer einfachen Holzkiste lag, in die Erde gesenkt wurde. Die Sargträger zogen die Seile, mit denen er heruntergelassen worden war, aus den Halterungen am Sarg und gesellten sich in die Menge der Trauernden.

Arndt hielt eine rührende Rede über einen Mann, der alles für seine Gemeinde geopfert hatte. Er erzählte, wie Herr Degenbauer nach einem Hausbrand die ganze Familie seines Nachbarn bei sich untergebracht und kostenlos verpflegt hatte, bis sie wieder auf die Beine gekommen waren.

Marie rechnete es ihm hoch an, dass er es schaffte, bei der Rede kein einziges Mal sich selbst in den Fokus zu rücken.

Bei der anschließenden Trauerfeier hatte sie beide Hände fürs Essen frei, weil Gisela immer noch nicht die Finger von Luise lassen konnte. Ihre Schwiegermutter hatte schon öfters angeboten, die Kleine für eine Nacht zu nehmen. Marie hatte sich damit herausgeredet, dass Luise noch zu klein dafür wäre, immerhin war sie nur drei Wochen alt. Sie und Anton hatten sich aber bereits darauf geeinigt, dass sie ihre Tochter nicht unbeaufsichtigt bei ihren Schwiegereltern lassen würden, solange Arndt noch am Leben war.

Grundsätzlich war für Marie fraglich, ob sie Luise in Arndts Nähe haben wollte, wenn sie größer wurde. Zwar schlug er seine Frau nicht mehr, aber das hieß nicht, dass er sie gut behandelte. Auf seine übliche herablassende Art unterbrach er und korrigierte sie und, obwohl er sich vollständig von seiner Operation erholt hatte, schickte er sie los wie einen Dienstboten. Marie wollte nicht, dass Luise verinnerlichte, dass man mit anderen so umspringen durfte.

Klara und Luzia kamen zu ihr.

„Wie geht's Dorothea?", fragte Marie, weil ihr die Abwesenheit von Klaras Schwester aufgefallen war.

„Ich glaube, sie will es aussitzen, bis Klaus zurückkommt."

Marie konnte verstehen, warum Dorothea für die nächste Zeit die Öffentlichkeit meiden wollte. Mit ihrem „geläuterten" Ehemann könnte sie durchaus wieder Fuß fassen, Nächstenliebe und so, aber Anton hatte jetzt einen Grund, warum er mit Kolbmeyer nichts zu tun haben wollte.

Wir würde Klaus drauf sein, wenn er wieder herauskam? Anton sorgte sich ebenfalls, dass er sich rächen würde, nachdem sie ihm zwei Wochen im Erdloch eingebrockt hatten. Das war eine lange Zeit in der Dunkelheit, in der er wahrscheinlich konstant an die Messe dachte.

Sie könnten Egon und den Rest ihrer ehemaligen Bewacher fragen, ob sie wieder Bodyguards spielen wollten. Allerdings könnte es den Anschein erwecken, dass sie kein Vertrauen in die läuternde Wirkung des Fastens hatten.

Marie bezweifelte auch nicht, dass Kolbmeyer als neuer Mensch aus der Tiefe steigen würde. Aber ein besserer?

Sie sah Anton zu, wie er mit den anderen sprach und gleichzeitig versuchte, seinem Vater nicht die Show zu stehlen. Max folgte ihm dabei wie ein Hund.

„Sag mal, warum hat er die Schule abgebrochen?", fragte sie Luzia.

Luzia wäre fast an ihrem Brot erstickt.

Klara bot ihr das Heimlich-Manöver an, doch sie hob abwehrend die Hand. Nachdem sie ihre Lungen freigehustet hatte, sagte sie: „Es gab eine dringende Familienangelegenheit, um die er sich kümmern musste."

Dass das nicht ganz der Wahrheit entsprach, war für Marie offensichtlich. Bestimmt könnte sie mehr aus Luzia herausbekommen, wenn sie weiter bohrte. Eine Trauerfeier war jedoch nicht der richtige Ort dafür.

„Will er seinen Abschluss nicht nachholen?"

Max arbeitete bei seinem Vater auf dem Hof, theoretisch könnte er auch gut ohne ein Abschlusszeugnis leben.

„Wir haben noch nicht darüber geredet."

„Es ist nie zu spät für Bildung", warf Klara ein. „In meinem Studiengang sitzen Leute, die sind über dreißig."

„Es wäre doch praktisch, wenn Anton und er zusammen lernen könnten", sagte Marie. Sie hätte gerne gewusst, wie Arndt dem Jugendamt erklärt hatte, warum sein Sohn nicht mehr zum Unterricht erschienen war. Zu so einem Gespräch mit ihm konnte sie sich aber nicht durchringen. Die Höflichkeitsbesuche, bei denen sie Nichtigkeiten austauschten, reichten ihr.

„Ich kann ihn ja mal fragen", erwiderte Luzia.

Luise fing an zu weinen und Marie nahm sie Gisela ab.

14

Kolbmeyers zwei Wochen, in denen er zwei leichte Mahlzeiten und einen Eimer als Toilette bekommen hatte, waren um.

Er hatte viel nachgedacht über die Leute, die ihn hierher gebracht hatten und was er mit ihnen anstellen würde, wenn er herauskam. Angefangen mit seiner Ehefrau, dem nutzlosen Hohlkopf, die sich von Arndt in den Arsch ficken ließ. Das war einer der Gründe, warum er sie geheiratet hatte, sobald sie achtzehn wurde. Das billige Flittchen machte alles mit.

Wenn er nach Hause kam, würde er ihr den Arsch aufreißen und das nicht im übertragenen Sinn. Wahrscheinlich hatten sie und Arndt das Ganze hinter seinem Rücken eingefädelt, um ungestört vögeln zu können. Jonathan war vermutlich auch nicht von ihm. Der Junge war so hässlich, dass er ihn gar nicht anschauen konnte.

Um Anton würde er sich auch kümmern. Wahrscheinlich bumste er auch Dorothea. Warum sonst war er aufgestanden und hatte sie in Schutz genommen? Sie hatte genug Löcher, die man stopfen konnte, einschließlich des Vakuums zwischen ihren Ohren.

Er hatte sich die perfekte Reihenfolge überlegt: Erst sie, nein, besser er brachte zuerst das Kuckuckskind, das sie ihm untergejubelt hatte, um, dann sie. Arndt war als nächstes dran.

Gegen seine Frau hatte er persönlich nichts, aber die konnte er gleich mit umlegen. Auf einen Mord mehr oder weniger kam es nicht an und er hatte sowieso vor, die gesamte Familie auszulöschen.

Marie war zum Schluss dran. Mit ihr hatte er ein ganz spezielles Programm vor.

Man bot ihm frische Kleidung an, die er ablehnte, obwohl seine total verdreckt war und stank.

Er machte sich zu Fuß auf den Weg. Niemand sah sein ausgemergeltes Gesicht, in dem seine Augen wie Irrlichter nach links und rechts zuckten. Er spürte den kalten Wind nicht, der durch seine Sachen wehte.

Es wurde bereits dunkel. Gut. Dann waren sie alle in ihren Häusern und wärmten sich an ihren Heizungen, während er nur Decken gehabt hatte, um sich warmzuhalten.

Er kam bei seinem Zuhause an. Einen Moment lang stand er nur da, bevor er die Hausschlüssel aus seiner Hosentasche holte und aufschloss. Er ging hinein.

„Schatz, ich bin zu Hause", sagte er tonlos.

Keine Antwort.

Er ging von Raum zu Raum, die alle dunkel und verlassen waren. Im Keller und auf dem Dachboden war sie auch nicht. Hatte die Fotze geahnt, was auf sie zukommen würde?

Wahrscheinlich war sie beim Kardinal und machte die Beine für ihn breit. Das sah ihr ähnlich. Ihr Mann kam zurück und sie hurte herum.

Er ging ins Arbeitszimmer und rückte den Schrank von der Wand. Dahinter verbarg sich ein kleiner Safe, in dem er seine Wertsachen aufbewahrte – und eine Schusswaffe. Sie war nur eine Vorsichtsmaßnahme, falls etwas Unerwartetes passierte. Er wollte sie alle mit dem Brecheisen totschlagen, das in seiner Garage lag. Das würde länger dauern.

Er wartete, bis die Sonne untergegangen war, bevor er das Haus mit seinen Waffen verließ. Auf der kurzen Strecke zum Haus des Kardinals stellte er sich vor, wie er hereinplatzte, während sie vögelten. Er würde Arndt die Rübe wegschlagen und dann seiner dummen Frau das Gesicht zerschlagen, während sie noch auf allen Vieren war und nichts begriff. Der passende Abgang für diese Hure.

Als bester Freund des Kardinals hatte er natürlich einen Zweitschlüssel, mit dem er sich nun selbst hereinließ. Auch hier war alles dunkel und still. Verdammt.

Er betrat das Schlafzimmer.

Arndt, der sich früh ins Bett gelegt hatte, weil er sich nicht gut fühlte, beging den Fehler, sich zu rühren, als er die Tür hörte.

„Gisela?", fragte er.

Kolbmeyer schlug zu.

Gisela war bei Marie und Anton. Günther hatte ihr erlaubt, allein hinüberzugehen, weil er Kopfschmerzen hatte und sich hinlegen wollte.

Wenn sie Marie und Anton zusammen sah, erinnerte sie sich immer an die ersten Jahre ihrer eigenen Ehe. Die beiden waren so glücklich miteinander.

Und Marie war so anders als ihre Mutter. So selbstbewusst.

Gisela fühlte, dass sie Anton eine bessere Kardinalsfrau sein würde, als sie es jemals gewesen war. In dem einen Jahr, in dem sie hier war, war sie richtig beliebt geworden. Auch wenn Gisela nie gern im Mittelpunkt gestanden hatte, wünschte sie sich, dass die anderen auch so auf sie zugekommen wären.

Sie konnte nicht lange bleiben. Günther würde böse sein, wenn sie ihn zu lange allein ließ.

Richard Klein, der mit dem Kardinal sehr gut befreundet war, wollte diesem noch sagen, dass ihre Skatrunde dieses Mal am Donnerstag war, weil Heiner am Mittwoch nicht konnte.

Er wollte gerade die Zauntür öffnen, als jemand blutverschmiert aus dem Haus kam.

„Klaus?"

Kolbmeyer zog die Pistole aus seinem Hosenbund, der jetzt genug Platz bot und schoss seinem Freund in die Brust.

Marie stand mit Anton in der Küche, als sie den Knall hörten, gefolgt von einem Schrei, der einem das Blut in den Adern gefrieren ließ.

Ruf die Polizei, wollte sie Anton sagen. Da fiel ihr ein, dass sie noch kein Telefon hatten.

Anton zog sie weg vom Fenster und in den Teil des Flurs, den man durch die Fenster nicht einsehen konnte. Sie wussten beide, dass es Kolbmeyer war.

Er wollte loslaufen, um den Rest der Familie zu holen, als sie seinen Arm packte.

„Anton, der Keller."

„Gut."

Sie erinnerte sich. An den schwarzen Mann – der einmal eine Frau gewesen war.

Christine hatte sie eines Nachts aus dem Bett geholt und in den Keller getragen.

Marie lief hinunter. In der hinteren linken Ecke stapelten sich Kisten, die sie wegzog. Der Tunnel.

Christine hatte einen Tunnel zu ihrem Haus gegraben.

Marie hatte damals das schwebende Gefühl für einen Teil ihres Traumes gehalten, bis sie vollends wach geworden war und sich schon im Keller befand. Christine hatte sie ins Loch geschickt und sie weitergeschubst, während sie ihr die ganze Zeit gesagt hatte, dass die Teufel sie sonst holen würden. Am anderen Ende hatte sie darauf gewartet, dass ihre Entführerin herausgekommen war und war dann wieder zurückgekrochen, so schnell es ging. Ihr Vater hatte auf sie gewartet und ihr gesagt, dass sie ihrer Mutter nichts erzählen dürfe. Er würde sich um Christine kümmern.

Anton, der eine weinende Luise auf dem Arm hatte, und Gisela kamen die Treppe hinunter.

„Ihr zuerst", wies sie ihn an. Fragen konnte sie später beantworten. Anton war durch kein Kleid behindert und wenn er wenigstens ihre Tochter in Sicherheit bringen konnte, war das besser als nichts. Außerdem würde ihr Weinen Kolbmeyer direkt zu ihnen führen.

Er krabbelte in den Tunnel, mit einem Arm Luise an sich pressend.

Sie schickte Gisela hinterher.

Aus einer der Kisten holte sie ein vergammeltes Buch, das sie gegen die Glühbirne schlug. Als das Glas zerbrach, hörte sie über sich noch etwas Anderes brechen.

Sie tastete sich zum Tunneleingang vor, kroch rückwärts hinein und zog eine Kiste zu sich, hoffend, dass sie die Öffnung verdecken würde. Es war kein Platz zum Wenden, also kroch sie mit den Beinen voran weiter.

Kolbmeyer hatte einen Moment auf Richard heruntergestarrt, der sich die Brust hielt und schrie. Die Polizei würde kommen, er hatte nicht mehr viel Zeit.

Er ließ Richard liegen und rannte zu Antons Haus. Dann würde er sie eben alle erschießen.

Nicht die Haustür. Das würde man sofort sehen.

Er lief um das Haus herum und sah, das in einem der Fenster Licht brannte. Niemand da.

Ein Schlag mit der Brechstange reichte, um die Scheibe zerbersten zu lassen, und er wartete, die Waffe auf die Tür gerichtet, falls Anton meinte, den Helden spielen zu müssen.

Als nichts passierte, kletterte er durchs Fenster. Er spürte die tiefen Wunden in den Händen und an den Armen nicht, als er sich an den Glassplittern schnitt, die noch im Rahmen steckten und auf der Fensterbank lagen.

Er suchte alle Zimmer systematisch ab, jeden noch so kleinen Schrank, in den sie sich verkrochen haben könnten. Danach den Dachboden. Es blieb nur noch der Keller.

Mit gezogener Waffe stieß er die Tür auf. Das einfallende Flurlicht zeigte ihm, dass niemand hier war. Wo waren sie?

Sie mussten hier sein. Im Wohnzimmer und in der Küche brannte Licht. Wären sie abgehauen, hätte er sie aus der Haustür kommen sehen müssen, wo er sie abgeknallt hätte wie Moorhühner.

Er hörte Sirenen. Sollte er abhauen, bevor sie ihn fanden?

Er dachte daran, was passieren würde, wenn sie ihn schnappten. Der Prozess, der folgen würde.

Er schob sich den Pistolenlauf in den Mund und drückte ab.

Christine hatte den Tunnel abschnittsweise mit Holzbalken abgestützt. Ihr Wahnsinn hatte Methode gehabt.

Die Luft war schlecht und er wusste nicht, wie weit es noch zum Ausgang war. Oder ob es einen gab. Denn wenn ein Teil eingestürzt war, saßen sie fest.

Hinter sich hörte er seine Mutter, die schwer atmete, und betete, dass sie nicht ohnmächtig wurde.

Obwohl es nur eine Richtung gab, geradeaus, war es in dieser Pechschwärze unmöglich, nicht ständig an den Wänden und Stützbalken hängen zu bleiben.

Er merkte nicht, wie die Luft graduell besser wurde. Erst als plötzlich die Wände verschwanden, realisierte er, dass er durch war. Er machte Platz für seine Mutter.

Atmete Luise noch?, fragte er sich panisch. Sie war irgendwann still geworden. Hatte sie noch Luft bekommen?

Um nach ihrer Atmung zu lauschen, hob er seine Tochter höher. Weil er nichts sehen konnte, prallten ihre Köpfe zusammen und Luise fing an zu brüllen. Gott sei Dank.

Gisela war verwirrt. Auch sie hatte den Knall gehört, es aber für einen Feuerwerkskörper gehalten, die manche Kinder nach Silvester noch heimlich anzündeten, wenn es dunkel wurde. Die Panik der Kinder kam für sie aus dem Nichts, aber sie hatte einfach gemacht, was sie ihr gesagt hatten.

„Anton, was ist denn los?", fragte sie, als sie aus dem Tunnel kam.

„Scht!" Anton wartete auf Marie. Er zog seine Mutter von der Öffnung weg.

Er hörte ein schabendes Geräusch, dann war auch Marie bei ihnen.

Sie mussten ungefähr zweihundert Meter von ihrem Haus entfernt sein. Trotzdem klangen die Sirenen, als würden sie direkt vorm Haus stehen.

Hatten sie Kolbmeyer schon gefunden?

Marie drückte sich an ihn. Sie klang, als würde sie weinen. Wenn sie es tat, war sie auf jeden Fall leiser als seine Mutter.

„Ich verstehe nicht, was los ist", beschwerte Gisela sich zwischen geräuschvollen Atemzügen. Noch nie in seinem Leben war sie ihm so auf den Keks gegangen.

„Da ist eine Tür. Sie ist verriegelt", informierte ihn Marie.

Anton gab ihr Luise und richtete sich langsam auf. Als er den Arm ausstreckte, spürte er Holz.

„Von außen?", fragte er, was Marie bejahte.

Durch seine monatelange Arbeit in der Tischlerei hatte er einiges an Muskelmasse aufgebaut. Ein paar alte Holzlatten waren kein Problem. Er riss sie kurzerhand heraus, bis er einen Durchgang breit genug für eine Person geschaffen hatte.

Sie kletterten hindurch und Marie verließ sich auf ihr Gedächtnis, um die Treppe zu finden. Immer wieder stolperte sie über Kisten und einmal hätte sie fast Luise fallen gelassen. Sie hörte Anton hinter sich fluchen, als er gegen ein Regal lief und herunterfallende Einmachgläser auf dem Zementboden zerschellten.

Sie tastete sich die Treppe hoch, öffnete die Kellertür und betrat den Flur. Sollten sie hinaus? Wenn Kolbmeyer noch draußen herumlief, war das keine gute Idee.

Jetzt spürte sie, wie kalt Christines Haus war, das seit Jahren keinen Strom hatte und auch nicht beheizt worden war. Sie zog die Schultern hoch und begann zu zittern.

Sie glaubte nicht, dass er ihnen durch den Tunnel gefolgt war. Lief er Amok in der Nachbarschaft? Ging er von Haus zu Haus, um jeden zu töten, den er finden konnte?

„Bist du verletzt?", fragte Anton sie, als er nach oben kam.

„Nein."

Sie war voller Kratzer und hatte sich sämtliche Körperteile mindestens einmal irgendwo gestoßen, unter diesen Umständen hätte sie ihren Zustand jedoch immer noch als „so gut wie neu" beschrieben.

„Du?", fragte sie zurück.

„Nein."

Anton ging beiseite, damit seine Mutter den Keller verlassen konnte.

„Soll ich nachschauen gehen?", fragte er.

„Nein. Vielleicht haben sie ihn noch nicht", sagte Marie.

„Wen denn?", quengelte Gisela.

„Kolbmeyer", antwortete Marie.

Der Wunsch ihrer Schwiegermutter, ihre Ängste zu verbalisieren, war verständlich. Nur war gerade jetzt der schlechteste Zeitpunkt dafür.

Anton stieg über den Müll, den Christine dort gelassen hatte, und öffnete die Haustür, soweit es ging.

In diesem Moment rauschte eine Ambulanz vorbei.

„Die Polizei ist da", sagte Anton, nachdem er einen vorsichtigen Blick hinaus gewagt hatte. „Sie sind vor unserem Haus."

„Haben sie ihn?", fragte Marie.

„Das kann ich von hier aus nicht sehen."

„Lass uns warten."

Marie fragte sich, für wen der Krankenwagen war. Hatte er sich Arndt zuerst vorgeknöpft? Sie begann wegen der Zugluft unkontrolliert zu zittern.

Anton schloss die Tür.

Sie warteten.

Mehr Blaulicht ohne Sirenen.

15

Dorothea war zu ihrer Mutter gefahren. Klaus würde heute zurückkommen und irgendwie hatte sie Angst.

Wenn er sie bestrafen wollte, war das sein Recht, aber als der Vormittag langsam vorbeiging, bekam sie Herzklopfen. Sie hatte ein paar Sachen gepackt und war mit dem Rad zu ihrer Mutter gefahren.

Dr. Kahl war froh, dass ihre Tochter nach Jahren mal wieder zu Besuch gekommen war. Das war ein gutes Zeichen. Es hatte ihr nie gefallen, dass Kolbmeyer sie dermaßen unter seiner Fuchtel hatte. Oft hatte sie sich gefragt, was sie bei der Erziehung ihrer Kinder falsch gemacht hatte. Alles wollte sie nicht auf ihren Mann schieben, der mit den Regeln der Gemeinde nicht klargekommen und gegangen war.

Dorothea war müde geworden und hatte sich mit Jonathan hingelegt. Sie hatte ihre Mutter gebeten sie um drei zu wecken, damit sie rechtzeitig nach Hause gehen konnte, um ihrem Mann Essen zu kochen.

Dr. Kahl hatte es ihr versprochen, dachte aber nicht daran dieses Versprechen zu halten. Soweit sie wusste, hatte Klaus sie nie geschlagen, allerdings hatte er jetzt zwei Wochen Frust aufgebaut, der sich bei Dorothea entladen würde. Man könnte es mütterlichen Instinkt nennen. Vielleicht derselbe, der ihre Tochter dazu gebracht hatte, hier Schutz zu suchen.

Sie sah kurz nach Mutter und Kind, die auf dem Sofa aneinander geschmiegt schliefen. Sie sah Jonathan an und ärgerte sich darüber, dass er Kolbmeyer so verdammt ähnlich sah.

Dorothea wachte auf. Etwas stimmte nicht. Sie sah hoch und bemerkte, dass es bereits Nacht war.

Sie richtete sich hastig auf. Klaus würde wütend sein, weil sie zu spät war. Ihre Mutter hatte sie doch wecken sollen!

Schnell begann sie ihre Sachen zusammenzupacken. Mit jedem Kleidungsstück und jedem Spielzeug, das sie aufhob, wurden ihre Bewegungen langsamer, bis sie vollständig innehielt. Sie wollte nicht.

Sie wollte Klaus nicht sehen. Am besten nie wieder. Sie fühlte sich wie bei der Messe. Als ob sie ganz allein auf der Welt war. Die Sicherheit, die er ihr früher gegeben hatte, war nicht mehr da. Jetzt fühlte sie sich wie eine Gefangene, die nach einem Wochenende in Freiheit zurück in ihr Gefängnis musste.

Ihre Mutter öffnete jemandem die Tür.

Sie hörte die männliche Stimme und dachte für einen Augenblick, dass es Klaus war, der sie holen wollte. Sie sah sich nach einem möglichen Versteck um, bevor sie sich selbst zurechtwies. Es war lächerlich.

Außerdem klang das nicht wie Klaus.

Sie stand auf und ging zum Flur, wo ein Polizist stand und sich mit ihrer Mutter unterhielt. Als er sie ansah, wusste sie nicht, ob sie Verzweiflung oder Erleichterung empfand.

16

Da beide Häuser von der Spurensicherung durchsucht wurden, durften sie ein paar Dinge mitnehmen. Der Beamte, der sie zu Max' Eltern fuhr, erzählte ihnen, dass sie Kolbmeyer erschossen in ihrem Keller gefunden hatten. Dem Anschein nach Selbstmord.

Man ging davon aus, dass der Mann, den sie erschlagen im Bett gefunden hatten, Günther Arndt war, da Gisela aussagte, dass er sich hingelegt hatte. Die Identifikation gestaltete sich schwierig, weil die Leiche schwer entstellt war. Anton, der später das Zimmer säuberte, erzählte Marie, dass er Knochensplitter in der Zimmerecke gefunden hatte.

Gisela war die ganze Nacht nicht zum Schlafen zu bringen. Marie hatte dafür Verständnis. Ihr Mann war tot und sie wäre selbst getötet worden, wenn sie nicht entkommen wären. Aber sie hielt alle wach, während sie ständig dieselben Sachen wiederholte. Was sollte sie tun? War Günther wirklich tot? Wenn ja, was sollte sie tun?

Es ließ sie wünschen, sie hätten aus Arndts Wohnung ein paar Beruhigungsmittel mitgenommen. Für den morgigen Tag standen weitere Befragungen durch die Polizei an und sie bekamen keinen Schlaf, weil Gisela getröstet werden wollte.

Anton konnte sehen, dass ihr der Geduldsfaden langsam riss.

„Geh ins Bett", sagte er. „Ich kümmere mich um sie."

Sie küssten sich.

Ihr tat alles weh, Luise hatte eine Schwellung auf der Stirn und Anton sah eigentlich aus, als ob er selbst gleich aus den Latschen kippte. Was für ein Tag.

Die Polizei rückte ab und die Presse an. Die Reporter und Fernsehteams trafen auf eine Gemeinde des Schweigens. Es gab keinen Prozess, weil Kolbmeyer tot war, und das Interesse schwand.

Alle bestätigten, dass der Anwalt in letzter Zeit psychisch auffällig war und die offizielle Theorie wurde, dass er einen Zusammenbruch hatte und erweiterten Suizid begangen hatte.

Zu Arndts Beerdigung kam nicht nur die Gemeinde, sondern auch viele Neugierige. Um keine komischen Fragen aufkommen zu lassen, verzichtete Anton auf die Kardinalsrobe und erwähnte auch nicht Arndts Position. Die Rede konzentrierte sich auf den positiven Einfluss, den er auf Freunde und Familie hatte, was vielen zu reichen schien.

Marie stand neben Gisela, die nicht so lange stehen konnte und deswegen im Rollstuhl saß, und sah zu, wie ihre Schwiegermutter sich ein Taschentuch an den Mund presste und leise vor sich hin weinte. Weinte sie wirklich um Arndt? Ging man nach dem, was Anton ihr über seine Kindheit erzählt hatte, war der Mann keine Träne wert. Eine fiese kleine Stimme in ihrem Kopf flüsterte ihr zu, dass Gisela auch um sich selbst weinte.

Kolbmeyer wurde zwei Tage später im kleinen Kreise beigesetzt. Anton hielt auch da eine Rede, die kurz ausfiel. Dorothea schien eh nicht hinzuhören, als sie betäubt auf den Sarg ihres Mannes starrte.

Sein Bruder Stefan stand schuldbewusst neben ihr. Er versprach ihr, dass er sich um sie und Jonathan kümmern werde. Auch das schien sie nicht zu hören.

In einem ungestörten Moment bei der Trauerfeier, zog er Anton beiseite.

„Wir sind zu weit gegangen", sagte er. „Wenn wir das nicht getan hätten, wären sie noch am Leben."

„Es war Gottes Wille", erwiderte Anton. „Wir haben eine falsche Schlange in unserer Mitte entblößt, alles andere hat den vorhergesehenen Lauf genommen. Oder wäre es besser gewesen, wenn Klaus weiter unsere Gemeinde entehrt hätte?"

„N... nein. Natürlich nicht."

„Dann hat es Gott so gewollt."

„Ja ... Herr Kardinal."

Stefan senkte demütig das Haupt.

Anton drückte seinen Oberarm und sagte: „Konzentrier dich auf die Unschuldigen. Du hast eine Schwägerin und einen Neffen, die dich jetzt brauchen."

„Ich werde mich gut um sie kümmern", versprach Stefan erneut, bevor er zu Dorothea ging.

Marie kam zu Anton.

„Wann besuchen wir Herrn Klein im Krankenhaus?", fragte sie.

Richard Klein hatte den durchschossenen Lungenflügel überlebt. Nur knapp, aber die Ärzte waren optimistisch, dass er sich erholen würde.

„Morgen?"

Anton hätte ihn früher besucht, weil er nichts gegen Herrn Klein hatte. Sie hatten die Kleins ständig vertröstet, da die polizeilichen Untersuchungen und die Beerdigungen so viel Zeit in Anspruch genommen hatten. Außerdem erwartete die

Familie, dass Anton ihn persönlich darüber informierte, dass Arndt verstorben war.

„Soll ich Egon anrufen? Ich weiß nicht, ob Gisela etwas dagegen hat, wenn wir das Auto deines Vaters nehmen", sagte Marie.

„Ich frag sie, wenn wir Luise abholen."

Da Arndt tot war, hatten sie Gisela für die drei Stunden, die sie auf der Trauerfeier verbrachten, erlaubt zu babysitten.

„Ich glaube, wir haben Dorothea einen Gefallen getan", flüsterte Marie und nippte an ihrem Glas Wasser.

Die junge Witwe hatte einen dichten Ring aus Familie und Freunden um sich geschart, die Kolbmeyer während seiner Lebzeit von ihr ferngehalten hatte.

17

Sie waren beim Frühstück, als es an der Tür klingelte. Anton stand auf.

„Herr Bürgermeister?", fragte er erstaunt, als er die Tür öffnete und Hans Nietzke vor ihm stand.

„Es tut mir leid, dass ich erst so spät komme. Aber solange die ganzen Reporter da waren, wollte ich nicht noch mehr Aufmerksamkeit erzeugen. Ich bin gekommen, um Ihnen mein Beileid auszusprechen."

„Danke. Ich weiß das zu schätzen. Auch, dass Sie gewartet haben."

„Wenn ich etwas für Ihre Familie tun kann, dann sagen Sie einfach Bescheid."

„Werde ich ... Waren Sie schon bei Frau Kolbmeyer?"

„Nein. Dorthin wollte ich als nächstes."

„Nachdem Sie letztes Jahr mit dem Präsentkorb da waren, kam es zu Gerüchten", sagte Anton. „Frau Kolbmeyer hat dies sehr mitgenommen."

„Das wollte ich nicht!"

„Das weiß ich", antwortete Anton sanft. „Frau Kolbmeyer möchte nicht, dass das Gerede wieder von vorne anfängt."

„Das verstehe ich."

Herr Nietzke wirkte geknickt. Ihm wäre nie in den Sinn gekommen, dass man eine nette Geste derartig verdrehen konnte. Aber die Gerüchteküche auf dem Dorf war selten *à la carte*.

„Wenn Sie möchten, kann ich ihr sagen, dass Sie an sie gedacht haben."

„Danke."

Nietzke verabschiedete sich. Ein paar Fragen hätte er schon gehabt. Zum Beispiel, ob die Geschichte mit dem Fluchttunnel in ihrem Haus stimmte. Jetzt war aber nicht der richtige Zeitpunkt dafür.

Antons erste Messe als Kardinal fand fünf Wochen nach Arndts Ermordung statt. Marie war mit ihm am vorigen Tag die Predigt dreimal durchgegangen, die Nervosität war dennoch geblieben.

Sie versuchte die Ruhe auszustrahlen, die ihm fehlte, als er neben ihr auf der Bank saß und darauf wartete, dass alle da waren. Bevor er aufstand, um die Mitglieder zu begrüßen, drückte sie noch einmal seine schwitzende Hand und sagte: „Du machst das gut."

Er gab ihr einen leichten Schmatzer auf die Lippen.

Die Gemeinde beobachtete ihn mit Spannung. Die Älteren kannten ihn noch von früher und die Gerüchte, die über die Gründe für sein Verschwinden entstanden waren. Kardinal

Arndt hatte behauptet, dass sein Sohn eine persönliche Krise gehabt hätte. Doch viele hatten vermutet, dass es mehr mit Arndts „strenger" Erziehung zu tun hatte.

Antons Rückkehr war eine Überraschung gewesen. Es gab Stimmen, die munkelten, dass die Männer, die ihn begleitet hatten, ihn gegen seinen Willen zurückgebracht hatten. Die Gruppe um Max herum schwieg beharrlich, was dies zu bestätigen schien. Aber Anton war geblieben.

Die gängige Theorie war nun, dass Anton und Marie in wilder Ehe gelebt hatten und jetzt zurückgekommen waren, um hier ihre Kinder aufzuziehen. Niemand nahm ihnen das böse. Die beiden waren aber auch ein niedliches Pärchen!

„Wir hatten viel Zeit über die jüngsten Ereignisse nachzudenken", begann der neue Kardinal seine Predigt. Seine Stimme klang noch unsicher.

„Ich habe mich gefragt, wie man diese sinnlose Verschwendung an Menschenleben hätte verhindern können ... und ich bin zu dem Schluss gekommen, dass es an der Art liegt, wie wir mit unseren Sünden umgehen."

Er sprach jetzt mit mehr Überzeugung.

„Wir sind eine Gemeinschaft. Anstatt uns gegenseitig zu bestrafen, sollten wir uns gegenseitig unter die Arme greifen.

Die Furcht vor Strafe führt zu Heimlichkeiten, zu Lügen und – wie wir gesehen haben – zu größeren Sünden.

Mein Urgroßvater hat diese Gemeinde nicht gegründet, damit wir uns vor einander fürchten oder gar vor Gott – sonst hätten wir in der katholischen Kirche bleiben können."

Er erntete ein paar verhohlene Lacher.

„Der Tod meines Vaters hat uns gezeigt, dass wir etwas ändern müssen, damit es nicht noch einmal geschieht. Jeder von uns sündigt. Jeden Tag, jede Stunde, in der wir wach sind, und ich bin mir sicher, ein paar von euch sogar, wenn ihr schlaft. Es ist Teil der menschlichen Existenz, ständig in Versuchung geführt zu werden, und es ist menschlich, Versuchungen nachzugeben.

Lasst uns aufhören mit den Strafen, damit wir angstfrei zu unserer Menschlichkeit stehen können. Damit aus einer Gemeinschaft der Heimlichkeit eine Gemeinschaft der Ehrlichkeit wird, in der wir über unsere Sorgen und Ängste und unsere Sünden frei sprechen können.

Wir sollten einander nicht gegenseitig verurteilen für Dinge, die jedem von uns passieren können. Mein Vater würde heute noch leben, wenn er keine Atmosphäre der Angst geschaffen hätte, in der die kleinen Sünden gebeichtet werden, aber die großen unter einer dicken Schicht Erde begraben werden. Wo sie Wurzeln schlagen und wachsen, bis sie hervorbrechen wie giftige Pflanzen.

Sünden müssen im Keim erstickt werden. Und das geht nur, wenn sie offen ans Tageslicht gebracht werden.

Ich möchte an dieser Stelle meine Predigt beenden, denn ich kann sehen, dass einige von euch etwas zu sagen haben. Und es ist Zeit, dass wir einander zuhören."

Anton verbrachte die nächsten zwei Stunden damit, sich die Bedenken der, vor allem älteren, Gemeindemitgliedern anzuhören. Sie hatten Angst, dass eine Abschaffung der Strafen zu mehr Sünden führen würden. Anton bestätigte dies indirekt, weil er davon ausging, dass mehr gebeichtet werden würde. Diese Sünden aber wahrscheinlich im gleichen Maße begangen worden wären – mit oder ohne Strafen. Einige Skeptiker konnte er nicht überzeugen.

Die Jüngeren hingegen nahmen diese Änderung mit Begeisterung auf. Aus ihrer Sicht war es überfällig, dass ihre Gemeinde das archaische Gewand gegen einen frischeren Mantel eintauschte. Es hieß für einige, dass sie ihre begrenzte Partnerwahl innerhalb der Gemeinde durch „Ungläubige" erweitern konnten, ohne diese anlügen zu müssen, wie es anscheinend bei

Maries Mutter geschehen war. Sie hatten auch gleich weitere Vorschläge für weitere Modernisierungen.

Anton musste diese Euphorie ein wenig dämpfen.

„Wir sollten es langsam angehen, bevor keiner mehr weiß, was wie geändert wurde, und wir im Chaos versinken", sagte er, nachdem ein Siebzehnjähriger vorschlug, dass man die Messe per Podcast halten könnte.

Trotz der Unsicherheit über die anstehenden Veränderungen bekam Marie das Gefühl, dass die Gemeinde nur darauf gewartet hatte. Sie wussten, dass man nicht lang auf demselben Fleck verharren konnte, ohne dass der Strom der Zeit einen erodierte, bis man zerbrach und fortgespült wurde.

Epilog

Gerd Rainart

Mehr stand nicht auf der schmalen Steinsäule, die das Grab ihres Vaters markierte.

Klara hatte sie an diesem Februarmorgen begleitet.

„Wieso stehen keine Daten drauf?", fragte Marie.

Es war ihr schon vorher bei den anderen Beerdigungen aufgefallen, sie war aber nie dazu gekommen, Anton zu fragen.

„Weil Seelen nicht geboren werden und deswegen auch nicht sterben können. Wir existieren", erklärte Klara. „Als Frau des Kardinals solltest du besser informiert sein. Du sitzt doch an der Quelle."

„An dieser Quelle interessieren mich andere Ergüsse", sagte Marie.

Klara schnaubte.

„Weißt du", sagte Marie, „an was ich mich erinnern kann, ist, dass mein Vater mich und meine Mutter geliebt hat. Er hat uns nie geschlagen oder uns angeschrien. Es sei denn, ich hab's vergessen. Aber wenn er wie in meinem Gedächtnis war, verstehe ich nicht, warum es so weit gekommen ist."

Klara legte einen Arm um ihre Seite.

„Ich habe ihn auch als netten Menschen in Erinnerung", sagte sie. „Sie wollte dich mitnehmen, nicht wahr? Vielleicht hat ihn das so aufgebracht, dass er die Beherrschung verloren hat. Deine Mutter wusste nicht, dass Christine dich verschleppt hat, und dein Vater dachte vielleicht, dass deine Mutter vollkommen übergeschnappt ist."

„Möglich. Ich hoffe, Anton und ich lassen es nie so weit kommen, dass wir Mord und Totschlag einem klärenden Gespräch vorziehen."

„Oh."

Klara schien eine Erleuchtung gekommen zu sein.

„Die Predigt war eigentlich für euch beide, oder was?"